AF295165

Ernesto Herrera
Fuentealba

Ik hou van je in elk leven

novum pro

w w w . n o v u m p u b l i s h i n g . n l

INHOUD

PROLOOG

"Ga je nou serieus huilen omdat er geen cornflakes is?", schreeuwt een lange, kale man tegen een kleine jongen van vijf. De jongen durft niks te zeggen en begint langzaam te huilen. De man schudt met zijn hoofd en wordt nog bozer. Hij loopt weg en gooit woedend een vaas om. De jongen huilt nog harder en verstijft. De man loopt naar de jongen toe en schreeuwt opnieuw.

"Stop met huilen, godverdomme!"

Hij loopt naar de bank en gaat zitten. Stilletjes staart hij voor zich uit. Na een paar minuten kalmeert de jongen, maar blijft staan waar hij staat. Hij durft geen stap te zetten. De man kijkt naar de klok die aan de muur hangt. De man staat op.

"Kom James, we moeten gaan. Dan maar zonder ontbijt naar school."

De man en de jongen lopen naar buiten en stappen de auto in. De jongen gaat achterin in de auto zitten. De man start de auto en rijdt naar zijn school. Wanneer ze aankomen, kijkt de man naar achter en ziet dat de jongen zich niet verroert.

"Ga je nog uitstappen of wat?"

De jongen knikt. Hij pakt zijn tas en stapt uit. Wanneer James omkijkt, ziet hij zijn vader wegrijden. 'Eindelijk op school', denkt de jongen. Hij veegt zijn tranen weg en loopt naar zijn klaslokaal. Hij gaat achterin zitten, zoals gewoonlijk. Na school wordt hij opgehaald door zijn moeder. Ze staat midden op het plein met een donkere jas en een bruine tas om haar schouder. James loopt naar haar toe en geeft haar een knuffel.

"Hey schat, hoe was school?"

James zegt niks en haalt zijn schouders op. 'Precies dezelfde reactie zoals altijd', denkt de moeder. Ze lopen naar de auto en James gaat achterin zitten. De hele weg zegt hij niks. Zijn moeder kijkt soms achterom, maar merkt dat er iets is. Wanneer ze thuiskomen, loopt James direct naar boven, zonder iets tegen zijn vader te zeggen. Zijn moeder legt haar tas neer en vraagt: "Hey, is er iets gebeurd met James? Ik bedoel, hij is meestal wel stil, maar ik heb hem nog nooit zo stil meegemaakt."

"Nee? Hoezo?"

"Oh ... gewoon."

"Ik heb niks verkeerds gedaan hoor. Hij was vanochtend gewoon weer irritant bezig. Hij begon, zoals gewoonlijk, weer te huilen."

"Er was geen cornflakes hé?"

"Wie gaat daar nou om huilen?"

"Hij heeft autisme. Zijn brein werkt gewoon anders."

"Onzin! Gewoon pure onzin. We moeten gewoon wat harder en duidelijker zijn in onze opvoeding."

"Ik weet niet of het zo werkt. Alsjeblieft, beloof mij dat je niet al te hard bent als ik op het werk ben?"

De vader rolt zijn ogen en gaat naar buiten om te roken. Zijn moeder zucht en loopt naar boven om te kijken hoe het met James is. Ze doet de deur op een kier en ziet dat James met zijn speelgoed speelt.

"See? Niks aan de hand", zegt de moeder tegen zichzelf.

Zestien jaar later

HOOFDSTUK 1

Toeval is een verzinsel

"Dat kan ze niet hebben gezegd", zegt James aan de telefoon. Hij zit op een blauwe stoel in de tram onderweg naar school. Hij zei het iets te hard en merkt dat iedereen hem meteen aankijkt. James interesseert het niet héél veel.

Eva, zijn vriendin, antwoord met: "Ja, ik weet het. Maar ja, zo is mijn moeder nou eenmaal. Ik snap het zelf ook niet. Altijd maar die onnodige, irritante opmerkingen."

"Ja, ik snap dat het vervelend is. Misschien moet je er gewoon iets van zeggen. En echt alles er een keer eruit gooien."

Eva zucht en zegt: "Makkelijker gezegd dan gedaan. Ze luistert toch nooit. Alsof ik niet besta. Het enige wat belangrijk is, is mijn verschrikkelijke succesvolle zuster die nu studeert aan de universiteit."

"Misschien maakt je moeder gewoon zorgen om je. Dat kan hé. Ik bedoel, het is februari en je weet nog steeds niet wat je volgend jaar wil doen."

Eva's toon aan de telefoon verandert als ze zegt: "Kies je nou haar kant?" James schudt zijn hoofd en zegt: "Nee Eva, zo bedoel ik het niet. Maar laten we eerlijk zijn, dit tussenjaar van jou moest ervoor zorgen om te kijken wat je later wil doen. Maar nog steeds weet je het niet echt. Waarschijnlijk is je moeder gewoon bezorgd."

Eva klinkt geïrriteerd. "Weet je James, waarom kom ik ook naar jou met dit soort dingen? Je staat nooit een keer aan mijn kant."

James zegt: "Eva, dat is niet waar. Ik geef alleen een observatie". Maar Eva hangt op. James zucht en leunt achterover. Hij kijkt uit de smerige tramraam en denkt aan wat hij anders had kunnen zeggen. Ze passeren de Dam en hij ziet honderden toeristen. James is jaloers op het feit dat zij op vakantie zijn en hij nu nog vier maanden naar school moet tot de zomervakantie. Hij studeert HBO-recht in Amsterdam en zit in zijn eerste jaar. Zijn cijfers zijn oké, maar hij vindt het wel leuk.

James is een knappe jongen om te zien. Enorm gespierd, kastanjebruin haar met een tintje oranje en mooie bruine ogen. Wanneer hij uitstapt, staat hij direct voor zijn school. Het is een groot bruin gebouw met gigantisch veel ramen. De ingang van de school is een draaideur, waarin James een aantal keren is vast komen te zitten. Hij neemt de draaideur en loopt door het gigantische gebouw. De lift is alleen voor mensen met een handicap of voor leraren, dus neemt James noodgedwongen de trap. Zijn les wordt gegeven op de tweede verdieping. Hij loopt het lokaal in en gaat, zoals gewoonlijk, achterin zitten. Twee stoelen naast hem komt een jongen te zitten die hij niet eerder heeft gezien. Een donkerblonde jongen met groene ogen en een huid alsof hij net terug is van vakantie. 'Ziet er naar uit dat hij veel reist', denkt James. De jongen kijkt naar James en glimlacht. James lacht terug. De leraar begint met uitleg over de leerstof. James staart de mysterieuze jongen aan. De jongen kijkt dan James' kant op. James kijkt snel weg. De jongen lacht. Hij zegt: "Is er iets?"
James lacht en zegt: "Sorry, ja ik heb jou nooit hier eerder gezien. Kan dat kloppen?"
De jongen lacht en zegt: "Dat kan kloppen. Ik ben er vaak niet. Ik volg het merendeel online."
James fronst. "Echt? Waarom?" De jongen haalt zijn schouders op. James vraagt: "Hoe heet je? Ik heet James."
De jongen zegt: "Noa. Aangenaam." James knikt.
James vraagt: "Waarom doe jij deze studie?"
Noa kijkt hem grijnzend aan en zegt: "Eerlijk antwoord? Ik wist niet echt wat ik wilde doen later. Dus ik dacht: waarom niet deze studie? En jij?"
"Ik wil later graag advocaat worden. Opkomen voor mensen die dat niet kunnen. Dus hoogstwaarschijnlijk sociaal advocaat."

"Dat is heel nobel van je! En best wel cool! Ik ben jaloers op je. Tenminste weet je wat je wil doen later."

James lacht en zegt: "Ja weet je, komt nog wel. Waar kom je vandaan als ik vragen mag?"

"Laten we het hopen. Ik kom uit Amsterdam-Oost. Ik ben eigenlijk geboren in Zaandam, maar toen ik drie was ben ik verhuisd naar Amsterdam. En jij?"

"Ah, cool. Geboren en getogen in Amsterdam. Ik woon gewoon in het centrum. Dichtbij Leidseplein."

Noa glimlacht en zegt: "Oh dat is echt gaaf. Woonde ik maar zo dicht bij het centrum."

"Geloof mij nou maar, het is niet altijd prettig. De toeristen, daar kan je knap gek van worden. En die wiet lucht overal. Vreselijk."

Noa lacht en zegt: "Dat kan ik mij voorstellen. Zeker in de zomer lijkt het mij vreselijk met al die toeristen. Rook jij zelf wiet?"

James schudt zijn hoofd en vraagt: "En jij?" Noa kijkt snel omhoog. James begint te lachen.

Noa zegt: "Ik doe het niet vaak meer, maar soms nog wel gewoon. Vooral voor het slapen gaan, is het heerlijk."

"Ja, snap ik wel. Ik heb het een paar keer gedaan, maar het was geen succes. Ik moest overgeven in iemands tuin. En de tweede keer dat ik het probeerde, viel ik flauw op Amsterdam Centraal."

Noa lacht en zegt: "Nee, dan snap ik dat je het niet doet."

James en Noa zitten voor de rest van de les over van alles te praten. De leraar bestaat niet meer en ze zien alleen nog maar elkaar. Na de les staan ze op en lopen ze het lokaal uit. Wanneer ze op de trap naar beneden zijn, wordt James gebeld. Het is Eva, maar hij neemt niet op. Noa fronst en vraagt wie dat was.

"Het was mijn vriendin. Maar ik heb even geen zin om haar te spreken. Ik bel haar later wel terug."

"Heb je een vriendin? Wat leuk!"

"Valt wel mee hoor ..."

"Oh ... Veel ruzie?"

James knikt. Noa geeft hem een schouderklopje. Ze lopen het gebouw uit en pakken de tram. James wordt geappt door zijn tante over een reis die ze gaan maken. James appt terug.

"Wie is dat, als ik vragen mag?"

"Oh, mijn tante! We gaan naar London met z'n tweeën om familie te bezoeken."

"Oh! Wat leuk! Wanneer gaan jullie?"

"Paar maanden. Superveel zin in ..."

"Heb je een goede band met je familie of?"

"Niet echt ... behalve met haar dan. En jij?"

"Ik ben super goed met mijn vader en moeder. Heb voor de rest niet echt veel familie eerlijk gezegd. Mijn ouders hebben geen broers of zussen."

"Nou, tenminste heb je een goede band met je ouders! Dat kunnen niet veel mensen zeggen."

"Heb jij een goede band met je ouders dan?"

James schudt zijn hoofd en zegt niks verder.

"Sorry."

"Het is oké. Kan jij niks aandoen. Iets heel anders, heb jij eigenlijk een vriendin?"

"Nee en dat komt omdat ik gay ben, haha."

"Oh echt? Sorry, was mij niet opgevallen ..."

"Komt nog wel!"

Ze beginnen allebei te lachen. Noa komt aan bij zijn halte en staat op. Hij pakt zijn tas en loopt naar de deur."

"Ik zie jou hopelijk morgen dan!"

"Ja, sowieso!"

"Het was leuk je te ontmoeten James!"

"Insgelijks."

De tram stopt. De deuren openen en Noa loopt naar buiten. James leunt achterover en krijgt een warm gevoel van binnen. "Ik zie hem morgen weer. Nice!", zegt James tegen zichzelf.

HOOFDSTUK 2

Nooit meer hetzelfde

Eva ligt in bed met haar laptop, te scrollen naar een opleiding. Ze heeft in totaal al naar 67 verschillende opleidingen gekeken, maar geen één past bij haar, vindt ze. Ze heeft altijd moeite gehad met idee wat ze later wil doen. Haar zus, Kayleigh, is precies het tegenovergestelde. Die studeert aan de universiteit en is volgende week klaar. Ze heeft dan officieel haar master behaald en gaat dan zes maanden alleen op reis naar Bali, een reis waar ze zelf voor heeft gespaard. Iets waar Eva ook niet goed in is.

Eva's maag begint erg te knorren. Ze zucht en legt haar laptop naast haar bed op een wit kastje. Ze staat op en loopt naar beneden. De woonkamer is groot en heeft een witte bijkeuken met een zwarte vloer. De kamer is gevuld met planten, er staat een witte hoekbank aan de rechterkant en een gigantische tv er tegenover. Ze ziet haar zus en haar moeder, Louise, met jas en al aan in de keuken staan.

Eva vraagt: "Wat gaan jullie doen?"

Kayleigh: "Wij gaan even lunchen. Mama kwam net op het idee. We zijn over een paar uur terug."

Kayleigh loopt alvast naar buiten terwijl haar moeder de sleutels van tafel pakt. Eva loopt boos naar haar moeder toe.

"Waarom ben ik niet meegevraagd?"

"Omdat dit de laatste keer is dat ik iets met Kayleigh alleen kan doen. Wij gaan de volgende keer weer."

"Weer? We doen het nooit. Je gaat altijd met haar."

Louise negeert haar en loopt naar buiten. Eva kookt van woede. 'Ze heeft oprecht nog nooit met mij geluncht', denkt ze. Boos gaat ze naar boven en belt meteen James.

"Hey James, wat ben je op dit moment aan het doen?"

"Ik kom net terug van de gym, hoezo?"

"Ik heb even behoefte aan gezelschap."

"Ik ga douchen en ik kom eraan!"

"Is goed!"

Eva begint zich klaar te maken. Wanneer James aankomt, heeft ze een kilo make-up op. James heeft Eva zelden zonder make-up gezien. Ze gaan in de woonkamer zitten.

"Dus Eva, wat is er loos?"

"Mijn moeder doet gewoon weer irritant. Ze ging weer lunchen met Kayleigh."

"En heeft jou niet uitgenodigd?"

"Nee ..."

"Het spijt mij."

"Het is oké. Ik ben blij dat jij er bent!"

Eva staat op en loopt naar de keuken. Ze pakt een cola voor haarzelf en een biertje voor James. Hij is niet echt een drinker, maar een biertje op zijn tijd vindt hij wel lekker.

"Dus, wat wil je doen? Wil je erover praten?"

"Nee, bedankt. Ik wil gewoon lekker chillen."

"Is goed."

Ze besluiten een film te gaan kijken. Na een uur discussiëren wordt het een romantische komedie. James houdt zelf meer van fantasie en actie, maar hiermee doet hij Eva een plezier. Na een halfuurtje kukelt James in slaap.

"Gaat het James?"

"Jawel hoor, ben alleen een beetje moe."

"Snap ik, zware week gehad?"

"Nee, viel wel mee. Was best leuk eigenlijk."

"Oh waarom?"

"Oh ... gewoon."

James begint opeens te zweten. 'Waarom lieg ik hierover?', denkt hij. Hij schudt zijn hoofd en begint verder te kijken naar de film. Een paar minuten later begint hij te dagdromen over Noa en dat hij niet kan wachten om hem morgen weer te zien. Na de film besluit hij bij Eva te blijven slapen. De volgende dag gaat hij vroeg in de ochtend naar huis om zijn schoolspullen te pakken en daarna direct door naar zijn school. Wanneer hij daar aankomt, ziet hij Noa en enkele anderen zitten op een bankje. Hij begint te zwaaien. Noa moet lachen en zwaait terug. Hij staat op en loopt naar James toe.

"Hey James!"

"Hey! Met wie zat je te praten?"

"Oh, geen idee. Ik zat gewoon op een bankje en ging een gesprek met ze aan. Verveelde mij een beetje."

"Doe je dat vaker?"

"Ja!"

James lacht en schudt zijn hoofd. Noa lacht terug.

"Ik zou dat dus echt nooit durven. Of doen. Ik ben nou niet zo heel erg dol op mensen zeg maar."

"Heb je wel veel vrienden of?"

"Uhm ..."

"Het is niet erg als je er geen hebt. Sommige mensen houden van hun eigen gezelschap en dat is helemaal prima."

"Dank je."

Voor het eerst voelt James zich niet schuldig dat hij eigenlijk geen vrienden heeft. Hij is eigenlijk altijd alleen geweest, totdat hij Eva ontmoette.

"Heb je helemaal geen vrienden?"

"Nee, eigenlijk niet. Niet echt behoefte aan. Ik zit liever alleen in mijn kamer dan ergens in een club met mensen die doen alsof ze mijn vrienden zijn."

"Haha, gelijk heb je!"

James en Noa gaan de kantine binnen en lopen naar de hoek van de kamer.

"Maar heb jij wel veel vrienden dan?"

"Vroeger wel, maar de laatste tijd heb ik dat een beetje laten varen. Heb het een beetje druk met ... met van alles. Het is altijd beter om een kleine goede cirkel te hebben met mensen die je vertrouwd dan een grote cirkel gevuld met neppe mensen."

"Eens!"

"Mag ik vragen, hoelang heb jij eigenlijk al iets met Eva?"

"Al drie jaar. We hebben elkaar ontmoet op de middelbare school. Ik was héél stil en iedereen zag mij als die mysterieuze gast die altijd alleen zat in de pauzes. Vond het helemaal heerlijk zo. Iedereen had altijd drama, maar ikke niet. Toen kwam het bal eraan, maar ik had echt geen zin om te gaan. Was ook niet van plan om te gaan. Totdat opeens het populairste meisje van de school, Eva, naar me toekwam en me meevroeg naar het schoolbal. Ze was toen ook al echt supermooi, superlief en super attent. Ik zei 'ja', ik voelde me voornamelijk gecharmeerd. En geschokt. Iedereen had het erover. Toen, op het schoolbal zelf, hadden wij een ongelooflijke leuke avond. We gingen vanaf toen daten en na een maand werd het officieel."

"Wat een schattig verhaal!"

"Ja ... het is ook een mooi verhaal. Het was een leuke tijd, maar de laatste paar maanden ..."

"Wat is er dan?"

"Nou, de laatste tijd stoor ik mij gewoon een beetje aan haar en zij aan mij. We begrijpen elkaar niet echt de laatste tijd."

"Elk koppel gaat daar doorheen. Zulke tijden zijn tijdelijk. Echt waar. Jullie zijn anders en dat kan soms schuren. En daar is helemaal niks mis mee. Je moet het gewoon even doorzetten. Zoals jij mij dit zo vertelt, is ze toch wel de ware?"

"Eerlijk? Weet ik eigenlijk niet ... ik bedoel. We hebben het super leuk met z'n tweeën, maar toch. Soms heb ik het idee dat er iets mist."

"Komt wel. Echt waar!"

Noa pakt James' hand en houdt hem stevig vast. James kijkt hem recht in zijn groene ogen aan en ziet een bepaalde glinstering.

"Waar kijk je naar?"

"Helemaal niks ..."

Noa krijgt dan een appje en opent zijn telefoon. James kijkt mee en ziet dat hij een *Marvel comics* achtergrond heeft. James lacht.

"Hou je ook van Marvel?"

"Heel erg zelfs! Ook van fantasie films en zo. Haha!"

"Echt? Oh mijn god ik ook. Eva haat het."

"Mensen die zulke films haten, hebben geen ziel of fantasie."

"Haha! Snap je! Eindelijk iemand die me begrijpt!"

"Ik heb ze ook echt allemaal in de bioscoop gezien. Allemaal ook gewoon alleen. Heb echt geen vrienden die dat leuk vinden namelijk."

"Nou! Nu heb je mij!"

Ze beginnen allebei te lachen. Na een halfuurtje gaan ze naar hun les. Wanneer ze aankomen in het lokaal gaan ze achterin zitten en babbelen ze verder over films. Noa's favoriete film is *The Shawshank Redemption,* wat James volkomen begrijpt. Maar zijn persoonlijke favoriet is *Lord of the Rings: Return of the King.*

Wanneer de les is afgelopen, zien ze het huiswerk staan voor volgende week. Presentaties.

James zegt: "Oh nee! Ik haat publiekelijk spreken!"

"Ja? Echt?"

"Ja! Ik zou dat echt voor helemaal niemand willen doen. Op mijn begrafenis hoeft niemand dat te doen die dat niet wil."

"Hahaha. Beetje extreem vind je niet?"

"Nee."

Wanneer de les klaar is, gaan ze naar buiten om te pauzeren. Ze staan voor de ingang.

"Ik moet zeggen Noa, mijn schooldagen zijn nu wel een stuk leuker geworden!"

"Oh ..."

Noa begint verdrietig naar beneden te kijken. James krijgt een naar gevoel in zijn maag en fronst.

"Ik ga waarschijnlijk stoppen met school. Ik zat het nog aan te kijken, maar ik kan niet verder."

"Nee ... je maakt een grap! Komt het door je cijfers of?"

"Nee, sorry James. Echt waar! Nee, mijn cijfers zijn prima. Het is gewoon ... ik ... uhm ... lang verhaal. Maar ik trek het nu even niet. Er is te veel gaande in mijn leven. Iets wat ik je een andere keer wel wil vertellen."

"Godverdomme. Dacht ik eindelijk een vriend te hebben gevonden ..."

"Hey! Puur omdat ik niet meer naar school ga, betekent niet dat ik je niet meer wil zien!"

James begint te glimlachen. Noa pakt zijn hand vast en kijkt hem streng aan.

"Wat dacht je van koffie morgen?"

"Dat lijkt me superleuk!"

"Top!"

Dan gaan ze terug naar binnen voor hun laatste les. Achterin het lokaal praten ze verder over van alles. Na de les gaan ze allebei naar huis. James komt aan bij zijn huis, maar wanneer hij de deur opent ziet hij zijn vader schreeuwen tegen zijn moeder. James zucht en legt zijn tas op de grond. Hij zegt geen gedag en loopt stilletjes naar boven. Hij houdt de deur op een kier en luistert naar het gesprek.

"Hoezo moet ik dat weten dat er boodschappen moeten worden gedaan? Ik ben op m'n werk de hele dag!"

"Ik moet ook echt alles hier doen in huis!"

James rolt met zijn ogen. Het enige wat zijn vader doet op een dag is eten, slapen, soms met de hond en dat is het. Hij doet zijn deur dicht en hoort ze verder in de achtergrond schreeuwen. Na een halfuurtje is het afgelopen. James wordt geroepen om te komen eten. Hij loopt rustig naar beneden en ziet zijn ouders aan tafel zitten. Ze zeggen niks tegen elkaar. James gaat naast zijn moeder zitten en ziet dat ze aardappels met draadjesvlees eten. Het is doodstil aan tafel, je zou de bladeren kunnen horen vallen.

"Hoe was school?", vraagt zijn moeder.

"Het was prima, we moeten presentaties gaan maken. Ik haat publiekelijk spreken."

"Snap ik lieverd."

Zijn vader zegt: "Oh, stel je niet aan. Ik moest vroeger veel meer doen dan jij nu doet. Véél meer."

"Oké. Wat moet ik met deze informatie?"

"Niet zo bijdehand!"

James rolt met zijn ogen en eet stilletjes verder. Zijn moeder neemt een paar happen, totdat zijn vader boos wordt.

"Kan je alsjeblieft netjes eten? Ik hoor je vanaf hier."

"Kan jij stoppen?", zegt James kwaad.

"Nee? Zij moet gewoon netjes eten."

Zijn moeder legt een hand op zijn been. James bijt op zijn tong en schudt met zijn hoofd. Zijn vader begint hem afkeurend aan te kijken.

"Kunnen we stoppen alsjeblieft?", zegt zijn moeder.

"Hoezo ik?", vraagt z'n vader.

"Ja, jij ook!"

"Het is altijd weer met z'n tweeën tegen één ..."

James zegt: "Ja, dan moet jij niet zo'n lul zijn!"

Zijn vader wordt boos en begint te schreeuwen naar James' moeder. James staat op en rent naar boven. Hij slaat keihard zijn deur dicht, springt op bed en schreeuwt een paar minuten in zijn kussen. Na een poosje kalmeert hij en pakt hij zijn telefoon om Eva te bellen. Hij staart een minuut naar de knop 'bellen'. Maar hij drukt er niet op. In plaats daarvan zoekt hij Noa op zijn telefoon en belt hem.

"Hey Noa, stoor ik?"

"Hey James, jij zou mij nooit kunnen storen!"

"Haha, lief. Ja ik uhm ... ja sorry. Ik wil gewoon even praten met iemand."

"Oh, is er iets gebeurd?"

"Ja ... Mijn vader is even irritant bezig ..."

"Dat is altijd naar! Lekker laten gaan schat, echt waar. Soms zijn ouders gewoon ... ouders. Wat is er precies gebeurd?"

"Hij is boos en reageert het zoals gewoonlijk af op mij en mijn moeder. Ik noemde hem net een lul en rende naar boven."

"Oh, wat naar om te horen James! Alsjeblieft, negeer dat. Laat hem maar lekker uitrazen. Ben je oké?"

"Ja ... nu wel weer. Ik ben nu even gekalmeerd."

"Goed zo! Oh sorry, James! Ik moet gaan. Ik spreek je morgen!"

"Is goed!"

Noa hangt op. James gaat op bed liggen en staart voor een uur naar het plafond. "Wauw, dat was fijn", zegt hij tegen zichzelf.

<h1 style="text-align:center">HOOFDSTUK 3</h1>

<h2 style="text-align:center">Gebroken verledens</h2>

Noa en James lopen met z'n tweeën door het Vondelpark. Ze hebben net koffie gehaald en lopen op een smal pad van grind. Het zonnetje schijnt en de vogels tjirpen vrolijk. Ze gaan zitten op een smal houten bankje bij een klein vijvertje.

"Mag ik vragen James ... hoe zit het eigenlijk met je ouders? Je belde mij namelijk gister, maar ..."

"Ingewikkeld ... laat ik het zo zeggen. Ik voel niks voor beide. Ik weet dat het mijn ouders zijn maar ik heb nooit een band gehad, met beide niet."

"Waarom?"

James zucht en kijkt naar beneden. Noa legt een hand op zijn been en lacht naar hem. Er valt een kleine stilte.

"Je hoeft het niet te vertellen als je dat niet wil."

James knikt.

"Mijn vader ... mijn vader heeft mij fysiek en mentaal mishandeld toen ik jong was. Hij was alcoholist en wist niet goed hoe hij met mij moest omgaan. Ik heb autisme zoals ik had verteld, dus ik raakte altijd snel in paniek. Ik snapte dingen niet en huilde snel. Dat ... kon hij niet hebben. Hij treiterde mij, schold mij uit, schreeuwde veel en er zijn dus momenten geweest dat hij mij heeft geslagen."

"James ... het spijt me zo erg. Ik weet niet wat ik moet zeggen."

James schudt zijn hoofd en pakt zijn hand vast.

"Het is oké. Het stopte toen ik veertien was. Hij moest stoppen met drinken en de mishandeling stopte voor het grootste deel. Maar nu reageert hij het vooral af op mijn moeder."

"Wat vreselijk. En heb je hulp hiervoor gekregen al?"

James schudt zijn hoofd."

"Nee, ik heb het héél lang weggestopt. Heel lang gedaan alsof het nooit was voorgekomen, maar je weet met trauma's … Het zal nooit weggaan. Het zal altijd bij je blijven. Helaas."

"Het spijt mij. Dit verdien je niet. Maar je moeder, hoe zit het daarmee? Wist ze dat dit gebeurde?"

"Weet ik eerlijk gezegd niet. Voor mijn gevoel wist ze dat dit aan de hand was, maar keek ze weg. Ik heb het er nooit echt goed over gehad met haar. Ze was altijd op haar werk. Mijn vader was degene die thuisbleef en voor mij zorgde. En in het weekend was hij altijd weg. Weg met vrienden."

"Dat moet je wel doen James. Echt waar. Er zal misschien niks veranderen, maar je zou er misschien wel van kunnen helen. Het is belangrijk dat ze dit weet."

"Je hebt gelijk. Ik ga het er wel een keer met haar over hebben, maar ik moet mij mentaal eerst even voorbereiden."

"Dat snap ik totaal. Zo'n traject, het helen? Dat duurt lang. Zeker als je het zo lang voor je hebt gehouden. Ik kan het mij niet bijna voorstellen, om zoiets te hebben meegemaakt."

"De pijn was kut. Het trauma dat ik eraan over heb gehouden was erger. Maar het ergste was, was dat mijn vader dit heeft gedaan."

"Het zijn altijd de mensen waar je het minst van verwacht, die je het meest vertrouwt, die je pijn doen. Want dat is namelijk wat het nog vreselijker maakt. Heb jij iets om naar toe te gaan? Ergens anders?"

James schudt zijn hoofd en zegt: "Niet echt, eerlijk gezegd."

"Zelfs niet bij Eva? Je eigen vriendin?"

"Nee, die had het ooit voorgesteld, maar die ouders vonden het geen goed idee. Ze mogen mij niet echt namelijk. ik ben in hun ogen een afleiding.

"Nou jeetje, James. Ik stel dan voor, als het je ooit te veel wordt? Dan kan je bij mij komen wonen. Nee, echt waar!"

"Dat is echt heel gul en lief van je. Dankjewel!"

"Tuurlijk!"

Noa lacht vrolijk naar hem en kijkt dan voor zich uit. Hij kijkt naar een eend die in een vijvertje zwemt met wat bruine pulletjes. De zon komt door de wolken heen en schijnt op het water.

"Heb jij nog een speciaal iemand?"

Noa begint somber te kijken.

"Ik had ooit iemand ... Iemand die ik zo leuk vond. Die ik vertrouwde met alles. Waar ik zoveel van hield ..."

"Wie?"

"Hij heette Tony. Tony de Hoop. Hij was mijn allerbeste vriend op de middelbare school. Hij was de allereerste die ik vertelde dat ik gay was. Ik vond het zo moeilijk toen ik erachter kwam dat ik op mannen viel. Ik was veertien en verward. En toen ontmoette ik hem in de derde klas ... En we werden eigenlijk meteen vrienden. Hij wist het stiekem al. Ik bedoel, het was best wel te zien aan mij. Maar toch zei hij niks. Totdat ik het hem in de pauze vertelde, achter het schoolgebouw. Ik stortte helemaal in en hij troostte mij. Hij steunde mij vanaf het begin. Hij was er voor mij, nam het voor mij op, de hele mikmak. Totdat, op een dag, ik gevoelens voor hem kreeg. Ik heb het een jaar voor mij gehouden, totdat we van de middelbare school af waren. Ik vertelde het hem ... En heb hem daarna nooit meer gesproken."

"Je maakt een grapje ... Echt? Heeft hij nooit meer iets van zich laten horen? Gewoon, zo maar?"

"Ja ... Hij was mijn alles. De allereerste persoon waar ik ooit van heb gehouden. De eerste persoon die ik echt vertrouwde met alles. Hij wist alles van mij en ik alles van hem. Hij had, net zoals jij, geen goede thuissituatie. Hij kon daarom soms ook een beetje raar doen. Maar ik had nooit verwacht dat hij zomaar zijn contact met mij zou verbreken."

"Nee, maar zoals je net zei: het zijn altijd de mensen waar je het minst van verwacht die je pijn doen. Ben je er eigenlijk ooit overheen gekomen?"

"Ja en nee. Ik zal altijd van hem blijven houden, maar de hartpijn, die is gelukkig wel weg. Tijd heelt."

"Goed zo, jij verdient veel beter dan hem. Veel beter. Was hij in ieder geval wel knap?"

"Ja, héél erg. Elke meid viel voor hem op school. Donker, prachtig haar. Hij was echt lang en gespierd. Prachtige blauwe ogen en echt een fantastische kledingstijl. Maar het was zijn innerlijk waar ik voor viel."

"Alleen dan weet je dat het echte liefde is."

Noa knikt.

"Wat zei hij eigenlijk precies tegen je toen je het vertelde?"

"Niks, ik had hem een bericht gestuurd via Whatsapp en hij heeft het gewoon op blauw gelaten. Een uur later had hij mij geblokkeerd."

"Het spijt mij voor je dat het zo is gegaan ..."

Noa haalt zijn schouders op en houdt de hand van James stevig vast.

"We gaan verder, zeg ik dan altijd!"

James knikt en er valt een kleine stilte. Hij kijkt Noa aan en ziet dat hij een beetje verdrietig kijkt. De zon weerspiegelt in zijn groene ogen, die naar beneden staren in verdriet.

Noa kijkt op en zegt: "Trouwens, als jij niks te doen hebt vanavond, ik en wat vrienden gaan uit. Heb je zin om mee te gaan?"

James slikt even en zegt: "Met wie?"

"Drie vrienden van mij. Ze zijn superleuk. Ik weet dat je het niet zo nauw hebt met mensen, maar deze ga je echt leuk vinden. Ik beloof het!"

"Oké ... is goed. Ik ga mee! Heb toch niks te doen vanavond."

"Gezellig!"

Een halfuurtje later staan ze op en lopen ze naar de uitgang van het park. Plotseling wordt James gebeld. Hij pakt zijn telefoon uit zijn broekzak. Het is Eva en hij neemt op.

"Hey Eva, wat is er?"

"Hey lieverd, hoe laat ben je er vanavond?"

"Hoe bedoel je ..."

"Je zou toch vanavond komen?"

"Oh, uhm ... Dat wist ik niet? Ik heb per ongeluk andere plannen gemaakt ..."

"Jezus, James! We hadden dit al een tijd geleden afgesproken!"

"Sorry! Ik ... uhm ... Kan je misschien morgen afspreken?"

"Nee, ik heb morgen namelijk een verjaardag van een vriendin van mij. Dat had ik je al verteld!"

"Oh oké … Dan zeg ik dat andere wel af."

"Laat maar zitten James, ik zie je een andere keer wel!"

Eva hangt meteen op en gooit haar mobiel uit frustratie op bed. Een paar minuten later hoort ze haar moeder bellen, beneden in de woonkamer. Ze staat op uit haar zwarte stoel en loopt naar de witte deur, die bedekt is met posters en stickers. Ze zet de deur op een kier en luistert naar het telefoongesprek van haar moeder.

"Het gaat goed hier mam, echt waar. Ja, hij is nu op zijn werk tot vijf uur. Hij komt er over een paar uur wel aan. Ja, zal ik zeggen. Is goed. Ik zeg wel dat hij even terug moet bellen anders."

Eva stapt langzaam en stilletjes uit haar kamer en gaat bovenaan de trap staan. Ze leunt voorzichtig voorover en ziet haar moeder in de keuken staan.

"Hoe het met de kinderen gaat? Met Kayleigh gaat het super goed. Ze gaat nu voor haar masters, dus op het einde van het schooljaar is ze daar hopelijk mee klaar. Supertrots ben ik op haar!"

Eva rolt met haar ogen en voelt zich misselijk.

"En Eva? Ja … waar moet ik beginnen? Die is vorig jaar natuurlijk gestopt met haar opleiding, in haar eerste jaar nota bene. En vooralsnog heeft ze geen plan voor de toekomst. Nee mam, dat is niet mijn fout. Er is weinig te doen wanneer mensen zelf gelimiteerd zijn."

Eva schudt haar hoofd en loopt terug naar haar kamer. Ze begint te huilen op bed en voelt zich door iedereen in de steek gelaten. Ze pakt haar telefoon en belt meteen haar beste vriendin Demi.

"Hey Eva, hoe gaat het met je?"

"Niet echt goed …", zegt Eva snikkend

Demi, die staat te koken, laat meteen alles vallen.

"Lieverd, wat is er gebeurd?"

"Nou, mijn vriendje laat mij vanavond weer eens zitten en mijn moeder vindt mij een mislukkeling."

"Oh Eva … Lekker laten gaan alsjeblieft! Wat heeft je moeder precies gezegd?"

"Ze had dus mijn oma aan de telefoon en wat ze eigenlijk zei is dat ik dus 'gelimiteerd' ben en dat er uit mij niks te halen valt."

"Wat een onzin! Luister alsjeblieft niet naar haar. Je bent een ongelooflijke slimme meid, komt echt goed. Je weet niet echt wat je straks wil gaan doen. Dat hebben zoveel mensen, zoveel studenten. Je bent echt niet de enige."

"Dankjewel Eva …"

"En wat was er nou met James?"

"Ja, we zouden vandaag afspreken, maar hij had opeens andere plannen gemaakt."

"Jezus, je kan ook nooit echt op hem rekenen hé? Ik vertrouw hem echt niet."

"Jij hebt hem nooit gemogen."

"Nee, dat is het niet. Ik vertrouw hem alleen niet. Ik weet niet … Er is iets met hem. Ik kan het niet uitleggen."

"Het zal wel. Heb jij anders zin om vanavond even wat te doen?"

"Lijkt me héél leuk! Ik sta om negen uur voor je deur! Heb je nog ergens zin in? Chocola of ijs?"

"Is goed! Uhm, nee dank je! Ik ben echt misselijk de laatste tijd."

"Oh wat raar! Misschien door de stress?"

"Kan, geen idee."

"Oh shit! Ik moet ophangen! Zie je vanavond!"

Demi hangt op en raast snel naar de keuken, waar haar kip staat te verbranden.

HOOFDSTUK 4

Het Leidseplein

James zit in zijn kamer en maakt zichzelf klaar voor vanavond. Hij trekt zijn ladekast open en pakt er een blauwe spijkerbroek uit. "Ik moet die ladekast echt een keer opruimen", zegt hij tegen zichzelf. Broeken, T-shirts en sokken liggen slordig door elkaar. Hij pakt zijn zwarte jack, die aan de deur hangt, doet er een wit T-shirt onder, kijkt in de spiegel en is er tevreden mee. Hij doet een luchtje op en gaat naar beneden. In de woonkamer zitten zijn vader en zijn moeder op de bank tv te kijken. James loopt stilletjes naar de keuken, maar hij wordt al opgemerkt door zijn vader.

"Waar ga jij naartoe?'

"Ik ga naar Amsterdam. Uit met wat vrienden. Verwacht mij niet vroeg thuis."

"Aan wie heb je dat gevraagd?"

"Ik ben twintig pap. Het is vrijdagavond."

"Maakt niet uit, ik wil niet dat je gaat. Ik ben moe en heb geen zin om wakker te worden gemaakt in de avond."

James begint boos te worden, maar zijn vader ook. Er valt een kleine stilte en voordat één van de twee iets kan zeggen, komt James' moeder ertussen.

"Voortaan even aangeven van tevoren dat je gaat. En blijf appen alsjeblieft."

"Dankjewel mam."

Zijn vader wordt woest en begint te schreeuwen. Hij staat op van de bank en begint James' moeder helemaal verrot te schelden. Zijn moeder bevriest en zegt niks. Voordat James iets kan doen, loopt zijn vader al boos naar boven en slaat zijn slaapkamerdeur dicht. Er valt een kleine stilte. Zijn moeder staat op en loopt naar het toilet. James schudt zijn hoofd en loopt boos weg. Onderweg naar de tramhalte begint hij te piekeren over zijn vader en hoe erg hij hem haat. Wanneer hij bij de tramhalte aankomt, komt tegelijkertijd ook zijn tram aan. Hij stapt in en ziet Noa al zitten. Hij loopt naar hem toe en geeft hem een knuffel.

"Hey James, hoe gaat het met je?"

"Niet echt goed ..."

"Wat is er gebeurd?"

James gaat naast Noa zitten en vertelt het hele verhaal. Noa zucht en rust zijn hand op zijn been.

"Het spijt me James, echt waar. Maar je moet je er niks van aantrekken. Het is gewoon een gefrustreerde man die zich op een verkeerde manier bekommert om je."

"Ik zou gewoon een keertje willen dat hij normaal zou doen."

"Snap ik totaal. Echt waar. Maar zulke mensen zullen nooit veranderen. Mensen zoals jouw vader kijken in de spiegel en zien een kroon op hun hoofd en denken dat ze koning zijn van de wereld. Die dulden geen tegenspraak. Dus wat jij moet doen is negeren en zo snel mogelijk daar weggaan."

"Inderdaad ... Dank je."

"Wanneer ga je praten met je moeder?"

"Ik wil komende week met haar gaan praten, als ze tijd heeft."

"Het komt goed James. Echt waar!"

"Dank je ..."

Glimlachend kijken ze elkaar aan. Ze komen aan bij hun halte en staan op. Ze pakken beide hun OV-chipkaart en stappen uit de trein. Noa valt bijna, maar James vangt hem op.

"Ja, sorry ... Heb al wat wijn op!"

James lacht hem uit en ze lopen samen naar de club. Wanneer ze aankomen, zien ze het groepje van Noa al buiten staan. De club is niet groot; een klein wit gebouw zonder ramen dat naast veel grotere gebouwen staat. Op de voorkant van het gebouw staat in neonletters *Galaxy*. Een meid met bruin stijl haar, een wipneus en groene ogen loopt op Noa af. Ze is helemaal in het zwart en draagt grote laarzen. Ze geeft Noa twee kussen op beide wangen. Ze loopt naar James toe en geeft hem een hand.

"Nou, aangenaam. Ik ben Lois, beste vriendin van Noa. En jij bent vast James! Hij heeft al zoveel over je verteld!"

"Ja ... aangenaam!"

Lois loopt terug naar Noa en geeft hem een sigaret. Dan lopen ze naar de groep toe. James huppelt er een beetje achteraan en durft niet tegen iemand te praten. Wanneer ze de club inkomen, lopen ze eerst naar de garderobe. Ze geven hun jassen en gaan door een klein gangetje naar de dansvloer. De ruimte is groot, veel groter dan dat het er van buiten uitziet. De muren zijn bedekt met neon lichten. De DJ staat op een groot podium te draaien, de bar is aan de rechterkant van de kamer. Ze lopen met z'n allen naar de bar en bestellen tientallen tequila shotjes. James krijgt een naar gevoel omdat hij niet van tequila houdt. Wanneer Noa er eentje aan hem overhandigt, weigert James. Noa schudt zijn hoofd en duwt het glas in zijn hand. James zucht en gooit het naar binnen. Hij gaat bijna over zijn nek, maar houdt het net aan vol. Noa begint hem uit te lachen. Een paar shotjes verder gaat de groep dansen, midden op de dansvloer. James blijft een beetje bij de bar hangen en bestelt een biertje. Als hij zijn biertje krijgt, ziet hij Lois met haar handen wapperen. Ze beduidt dat hij moet komen. James schudt zijn hoofd en steekt zijn duim op. Lois glimlacht en loopt naar hem toe. Ze trekt hem op de dansvloer. James begint langzaam met zijn schouders te bewegen maar voordat hij iets kan zeggen, begint hij zich duizelig te voelen. De alcohol kickt in en alles begint te draaien. James begint meer los te komen en staat uiteindelijk te dansen. Na een uurtje loopt hij naar Noa toe en danst dan meer dan een halfuur met hem. Uiteindelijk valt James zomaar om en rent dan naar het toilet. Als hij bij het toilet aankomt, komt alle alcohol er meteen uit. Noa komt aanrennen en gaat naast hem staan.

"Oh god. Je had ook nooit dat biertje moeten drinken!"

Hij pakt wat toiletpapier en geeft het aan James. James veegt zijn mond af, maar kotst dan plots meer alcohol eruit. Lois komt aangelopen en gaat op haar hurken naast James zitten.

"Rustig aan James. Het komt goed."

Uiteindelijk staat James op en loopt naar de kraan. Hij spoelt zijn mond en draait zich om naar Noa en Lois.

Lois zegt: "Alles eruit gegooid?"

James knikt, maar hij ziet er ziekjes uit.

"Zal ik je maar naar huis brengen?", vraagt Noa.

James knikt nogmaals. Ze lopen met z'n drieën naar de dans-vloer. Noa en James zeggen iedereen gedag. Lois loopt naar James toe.

"Nou lieverd, ga lekker slapen. Ik zie je de volgende keer!"

Eenmaal buiten lopen Noa en James naar de bushalte. Daar gaan ze naast elkaar zitten.

James zegt: "Je mag wel blijven hé? Ik red mij wel."

Noa schudt zijn hoofd en zegt: "Nee, ik breng je wel naar huis. Ik laat jou niet zo naar huis gaan."

James lacht en legt zijn hoofd op Noa's schouder terwijl ze wachten op de bus. Dan legt Noa zijn hoofd op dat van James. James begint een warm gevoel in zijn maag te krijgen. Hij wil iets zeggen, maar houdt het toch voor zich.

HOOFDSTUK 5

Onzichtbaar

Twee dagen later zitten Lois en Noa te lunchen op een terras bij het Rembrandtplein. Het is een zonnige dag en Lois zit heerlijk te genieten. Noa zit met een kop koffie in zijn hand een beetje voor zich uit te staren. Lois schopt tegen z'n been en vraagt wat er is. Noa haalt zijn schouders op.

"Kom op, praat tegen me!"

"Er is niks … Ben gewoon aan het nadenken over van alles en nog wat. Heb ook nog wel beetje een kater …"

"Ja snap ik! Piraten hebben minder gedronken."

"Haha … Wat uhm … Wat vond jij van James? Die jongen waarmee ik was en die eerder naar huis ging?'"

"Oh, ik mocht hem wel. Wel een beetje stilletjes."

"Ja, hij heeft autisme. Dus nieuwe mensen vindt hij een beetje eng. Hij heeft ook niet zoveel vrienden, zeg maar."

"Oh, ik hoop niet dat we te veel voor hem waren!'"

"Hij zei tegen mij dat hij het leuk heeft gehad."

"Oh goed zo! Maar even … Wat was hij knap? Niet normaal! Perfecte lengte, lekker gespierd, knap koppie, geweldig!"

"Oh, mijn god Lois."

"Wat? Het is dat hij een beetje *gay-vibes* afgeeft."

"Wat?"

"Oh kom op Noa. Zeg mij niet dat jij het niet ziet. Het is echt overduidelijk! Hoe hij naar jou kijkt …"

"Hij heeft een vriendin Lois."

"Nou? Dan kan hij toch biseksueel zijn?"

"We gaan dit riedeltje niet nog een keer spelen Lois, jij zei ook dat Tony een oogje op mij had en kijk hoe dat is afgelopen!"

"Sorry, je hebt gelijk. Ik ben je maar aan het plagen. Maar eerlijk: er is iets echt met James. Er klopt iets niet of zo. Niet dat ik hem niet vertrouw, maar hij worstelt met iets."

"Ja, hij heeft veel problemen thuis. En veel relatieproblemen."

"Ah, arme jongen. Dat is altijd lastig."

Noa knikt en begint weer voor zich uit te staren. Een serveerder komt langs en vraagt of ze nog iets willen drinken. Lois bestelt een rood wijntje.

"Noa, trouwens ... Hoe gaat het met je voor de rest?"

"Ik uhm ... ik wil het er eigenlijk niet echt over hebben. Is dat erg?"

Lois zucht en knikt. Ze pakt Noa's hand vast die op de houten tafel rust. Ze kijken elkaar een seconde aan.

"Je kan altijd naar mij toe als er iets is, hé?"

Noa knikt. Hij krijgt een appje en ziet dat het van James is. Haastig pakt hij zijn telefoon op.

"Wat is er?"

"Het is James. Die gaat straks een belangrijk gesprek aan met zijn moeder."

"Oh jeetje. Hopelijk komt alles goed!"

Noa stuurt een berichtje terug naar James. James opent het: *"Veel succes!"*. Hij voelt zich dankzij het berichtje meteen een stuk sterker in z'n schoenen staan. Zijn moeder roept hem en hij loopt naar beneden. Hij pakt zijn jas die aan de kapstok hangt en loopt met haar mee naar buiten. James heeft haar gevraagd om even te praten terwijl ze met de hond lopen. Via een trappetje opzij van het huis gaan ze naar beneden en naar de overkant. Ze wandelen vijf minuten in complete stilte langs de grachten totdat James begint met praten.

"Ik uhm ... wilde het over iets belangrijks hebben. Iets waar ik al een tijdje meezit. En wat ik ga vertellen, is wel schokkend."

"Ga verder ..."

"Het gaat over papa, en hoe hij mij heeft behandeld. Ik weet niet of jij dit weet, of hebt gezien. Maar ik zit er wel heel erg mee."

"Of ik wat weet?"

James stopt met lopen en kijkt zijn moeder streng aan. Zijn handen en benen beginnen als een gek te trillen. De woorden liggen op het puntje van zijn tong, maar hij durft ze bijna niet uit te spreken.

"Papa was vreselijk tegen mij toen ik klein was. Ik weet dat ik geen makkelijk kind was, ik bevroor en huilde veel. Maar in plaats van dat hij mij kalmeerde, schreeuwde hij naar me, treiterde hij me, schold hij mij uit. Hij was gewoon heel naar. Het stopte toen ik veertien werd, maar het is mij altijd bijgebleven."

Er valt een kleine stilte. Zijn moeder kijkt naar de overkant en sluit een moment haar ogen. Ze zucht diep en kijkt hem verdrietig aan. Dan loopt ze naar hem toe en geeft hem een knuffel. James houdt haar stevig vast. Ze doet een stap terug.

"Het spijt me, ik wist dit niet. Echt niet. Ik praat het niet goed. Ik zou het niet durven, maar ik weet honderd procent zeker dat hij het zo nooit bedoeld heeft."

"Misschien niet, misschien wel. Dat maakt niet uit. De schade is al gedaan. Maar ik vond gewoon dat je dit moest weten. Want ik wist het niet zeker, of je dit wist."

"Nee, ik wist het niet. Ik wist dat hij niet makkelijk was. Nog steeds niet. Maar niet dat het zo ver ging. Het spijt mij!"

James' moeder begint langzaam te huilen. Hij geeft haar nog een knuffel en houdt haar stevig vast.

"Het is oké …"

"Heb jij nog ergens hulp mee nodig?"

"Ik wil vooral even met rust gelaten worden. Is dat oké?"

"Helemaal goed. Dat komt helemaal voor elkaar. Ik zal het ook tegen je vader zeggen."

"Dankjewel."

Na een kwartiertje lopen ze weer terug. James voelt zich opgelucht en tegelijkertijd een beetje raar. Alsof hij een andere reactie had verwacht. Als hij terug is, ziet hij dat Eva met hem wil afspreken. James appt terug dat dat goed is en dat hij iets belangrijks heeft te vertellen. Hij kleedt zich om en doet een rode blouse aan met daaronder een zwart T-shirt. Hij loopt naar beneden en de woonkamer in. Zijn moeder zit op de zwarte hoekbank.

"Hey mam, ik ga zo naar Eva, is dat goed?"

Zijn moeder knikt. James loopt weer naar boven en pakt zijn schoenen. Als hij die aanheeft, loopt hij naar beneden, zegt gedag tegen zijn moeder en gaat naar buiten. Het is niet al te koud, dus James doet geen jas aan. Een halfuurtje later komt hij aan bij Eva's huis. Het is een bakstenen eengezinswoning met veel ramen en een puntdak. Het heeft een schattig voortuintje gevuld met rozen in verschillende kleuren. Een grintpaadje leidt naar de voordeur. James stapt op het pad en drukt op de gouden deurbel. Een lange man met grijs haar, een bruine trui en een bril doet open.

"Ah, James! Goeienavond!"

"Goeienavond meneer!"

James geeft hem een stevige hand. Hij doet zijn jas uit en loopt naar boven. James komt Eva's kamer binnen en ziet haar op bed liggen. De kamer is groot, maar héél leeg. Er staat een grote twijfelaar midden in de kamer en boven haar bed hangt een foto van James en Eva. Naast het bed staat een wit kastje met meerdere foto's van Demi en Eva. Tegenover haar bed staat haar bureau. James loopt langzaam naar het bed toe en geeft haar een knuffel.

"Hey Eva, hoe gaat het?"

"Gaat wel. Met jou?"

"Ja prima. Over de vorige keer ..."

Eva staat op en loopt naar haar bureau.

"Het is goed, laat maar gaan."

Ze gaat zitten en begint haar make-up af te doen.

"Ja? Oké ... Het spijt mij nog steeds."

"Het is al goed. Ik had niet zo fel mogen reageren. Was het wel leuk zaterdag? Ik zag allemaal nieuwe mensen!"

"Ja, het was heel leuk! Hele leuke mensen, totdat ik moest overgeven van de tequila."

"Natuurlijk moest je weer overgeven!"

Ze beginnen allebei te lachen. Eva kijkt hem aan en ziet dat er iets is.

"Wat wilde je trouwens vertellen?"

"Ik heb vandaag met mijn moeder gepraat, over mijn vader! Over of ze het wist of niet wat hij mij heeft aangedaan."

"Wat? Echt? Wat goed! Oh ik ben zo trots op je!"

Ze loopt naar hem toe en geeft hem een knuffel. Ze houdt hem stevig vast. James knuffelt haar terug.

"Wat ongelooflijk goed. Daar mag je echt trots op zijn!"

"Dankjewel."

"Hoe ging het gesprek?"

"Het was heel spannend, en heel lastig. Ik wist niet helemaal hoe ik het moest verwoorden. Ze was oprecht gechoqueerd. Alsof ze het echt niet wist!"

"Geloofde jij haar?"

"Weet ik eerlijk gezegd niet. Een deel van mij wil haar geloven, maar een ander deel is héél sceptisch. Ik heb gevraagd om ruimte. Dus hopelijk gaat ze dat geven."

"En heb je gehaald wat je uit het gesprek wilde halen?"

"Ja. Ik wilde gewoon dat ze het wist. Ze heeft ook haar excuses aangeboden."

"Goed zo! Ben je opgelucht?"

James knikt. Eva kijkt hem glimlachend aan en geeft hem een kus. Ze gaat op zijn schoot zitten en legt haar hoofd op zijn schouder.

"Hoe gaat eigenlijk alles met jouw moeder?"

"Niet best ... Ik hoorde haar laatst aan de telefoon, helemaal fantastisch praten over mijn zus en mij gewoon helemaal vergeten alsof ik niet besta! Echt ... ugh."

"Misschien moet je het positief bekijken. Ik zou het heerlijk vinden als mijn ouders zich even niet met mij bezighielden en ik even onzichtbaar was voor hun ..."

"Wat?!"

James zucht en realiseert zich dat hij dat anders had moeten verwoorden. Eva kijkt hem boos aan.

"Sorry ... Dat had ik anders moeten zeggen."

"Ik zou het juist fantastisch vinden als mijn ouders zich eindelijk een keer zorgen om mij maakten! Je mag je ouders soms wel irritant vinden, maar ze maken zich tenminste zorgen en bekommeren zich om je!”

“Ja, totdat het jou overkomt. Dan is het minder leuk, geloof me!”

Eva schudt haar hoofd en staat op. Ze loopt terug naar haar bureau en gaat verder met haar make-up.

“Mijn ouders zou het oprecht niet boeien als ik dood zou gaan. Echt niet. Ik zou ze zelf een plezier doen, denk ik.”

Er valt een kleine stilte. James krijgt een appje en ziet dat het van Noa is. Hij glimlacht en appt terug.

“Wie is dat?”

“Niemand ... Mijn tante!”

Een halfuurtje later gaan Eva en James geïrriteerd in bed liggen. Ze kijken een film maar kunnen beiden zich amper concentreren. Allebei denken ze na over wat de ander heeft gezegd. Eva is boos dat James haar niet begrijpt. James snapt Eva niet en probeert haar te begrijpen. Dan begint James over Noa te denken en hoe erg hij hem mist. Hij krijgt een raar gevoel van verlangen, probeert het te negeren en kijkt dan Eva aan. Ze valt bijna in slaap.

“Hey slaapkoppie, wil je dat ik het licht uit doe?”

Eva knikt. James draait zich om en doet het nachtlampje uit. Eva gaat op hem liggen en kijkt hem aan.

“Ik hou van je.”

Eva doet haar ogen dicht en valt langzaam in slaap. De woorden liggen op het puntje van James’ tong, maar hij spreekt het niet uit.

HOOFDSTUK 6

De moeder en de dochter

Het is vrijdagmiddag. James loopt zijn school uit en ziet Noa bij de voorkant van het gebouw staan. Hij loopt de roltrap af en gaat naar de draaideur. Het is druk en verschillende mensen moeten erdoor. Een momentje wachten dat een eeuwigheid duurt; dan kan James eindelijk door de draaideur. Hij geeft Noa een knuffel. James kijkt hem aan, het lijkt wel of Noa een beetje ziek is.

"Hey, gaat alles goed?"

"Ja hoor, alles gaat prima! Hoe was school?"

"Vermoeiend, maar dat is het altijd. Is het raar om weer terug te zijn na een tijdje?"

"Ja, een héél klein beetje wel, eerlijk gezegd. Moet bekennen dat ik het niet heel erg mis maar ..."

"Haha. Hoe was je week?"

"Prima, heb geluncht met Lois. Niet heel bijzonder ... Maar even? Hoe was het met je moeder gegaan? Ik wil alles horen!"

"Het ging goed. Het gesprek was een opluchting en ze heeft sorry gezegd. Gelukkig."

"Beter. Goed zo! En nu? Hoe nu verder?"

"Ik heb gezegd dat ik tijd nodig heb voor mezelf. En dat gaat zij mij nu ook geven. Ik heb tijd nodig om na te denken over bepaalde dingen."

"Oké. Top. Ik ben echt zo trots op je, echt waar!"

Noa stopt met lopen en knuffelt James. James knuffelt hem terug en begint Noa stevig vast te houden.

"Dank je, voor alles. De steun, de raad ... Alles!"

"Geen dank. Echt niet. Ik weet zelf hoe moeilijk het is als je alleen voor dingen staat en hoe fijn het is om iemand te hebben die ... die achter je staat."

Ze gaan een stuk verder tot ze aankomen bij een terrasje. Ze lopen naar een tafeltje en gaan zitten. Wanneer de serveerder langskomt, bestellen ze allebei een cola.

"Noa, ik heb ergens je hulp bij nodig ..."

"Oh? Wat is er?"

"Het gaat om Eva ... Een tijdje geleden vroeg je aan mij of zij de ware was. En ik zei dat ik het niet zeker wist, nu weet ik het wel. Ze is het niet."

"Oh, James ..."

"En ik ... Ik weet gewoon eigenlijk niet hoe ik het haar moet vertellen. Ik heb de kracht er echt niet voor."

"Hoe ben je erachter gekomen?"

"Ik vind iemand anders leuk. Wanneer ik met haar ben, denk ik eigenlijk alleen maar aan die andere persoon. Wat ik echt erg vind."

"Heb je al iets met die andere persoon gedaan of ...?"

"Nee! Nee, ik zou nooit vreemdgaan!"

"Oh oké. Nou James, dan heb ik maar één ding te zeggen. Wees eerlijk tegen haar. Zeg hoe je je voelt en wat er is gebeurd. Wie is de gelukkige meid?"

"Nou, dat is het dus ... het is een jongen ..."

Er valt een kleine stilte. Noa's mond valt open. Met uitpuilende ogen kijkt hij James aan. James begint te zweten. Noa staat op en geeft hem een knuffel. James knuffelt hem meteen terug.

"James, weet dat het helemaal prima is en dat je ongelooflijk dapper bent dat je mij dit vertelt!"

James lacht en Noa gaat weer tegenover hem zitten.

"Hoe ben je hierachter gekomen?"

"Lang verhaal, maar een tijdje geleden ben ik deze jongen tegengekomen en ik voel mij zo ... veilig bij hem. Alsof ik hem alles kan vertellen. Hij begrijpt mij! En ik hem ... Eva en ik begrijpen elkaar amper de laatste tijd. Zelfs met cruciale dingen."

"Wie is deze jongen? Hoezo heb je nooit verteld over hem?"

"Ja, geen idee. Vertel ik liever nog niet ..."

"Is helemaal goed. Je hoeft het ook niet te vertellen. Maar ben je biseksueel of helemaal gay?"

"Helemaal gay."

"Echt?"

"Ja, wat ik voelde voor Eva was niet echt. Nu ik echt voor iemand ben gevallen, weet ik pas echt wat verliefd zijn is. Hoe het is om echt iemand leuk te vinden. Ik was altijd wel dol op Eva, maar niet zo."

"Ik ben blij voor je dat je dit hebt ontdekt. Maar zoals ik al zei: vertel haar dit zo snel mogelijk. Hoe pijnlijk het ook is. Het is beter voor haar."

"Ga ik doen. Ik beloof het!"

Noa knikt en pakt zijn hand vast.

"Ik ben zo trots op je! Echt waar!"

James begint te blozen. Dan pakt hij zijn telefoon en begint te bellen naar Eva. Ze staat in de winkel. Ze pakt haar telefoon uit haar zak, ziet dat het James is en klikt hem weg. 'Even geen zin', denkt ze. Ze is met Demi aan het bellen.

"Wie was dat? Wie belde?"

"Ja, James. Maar daar heb ik echt even geen zin in."

"Waar ben je nu?"

"Ik sta in de winkel, te zoeken voor iets tegen mijn misselijkheid. Ik ben echt radeloos."

"Misschien ben je wel zwanger, haha!"

"Héél grappig Demi. Ik heb een spiraal."

"Hey, je weet het nooit!"

"Zucht. Ik spreek je later oké? Mijn telefoon is bijna leeg."

"Is goed! Doeg schat!"

"Doeg!"

Eva hangt op en pakt een kruik. Wanneer ze bij de kassa staat, ziet ze een schap met een zwangerschapstest. Eva zucht en koopt er eentje. "Ik haat je, Demi", zegt ze tegen zichzelf. Wanneer ze thuiskomt, staat haar moeder Louise in de keuken eten klaar te maken. Ze zegt niks tegen Eva. Eva loopt naar boven en legt haar gekochte spullen op bed. Wanneer ze naar beneden loopt om wat te drinken, vraagt haar moeder:

"Wat is je planning voor morgen, schat?"

"Weet ik nog niet. Demi vroeg of ik iets kwam doen."

"Ik bedoel, qua werk? Ga je weer een hele dag niks doen?"

"Mam, alsjeblieft. Niet nu!"

"Jawel nu! Jouw zus ..."

"Genoeg over mijn zus! Ik ben Kayleigh niet. Ik zal ook nooit Kayleigh worden en ik wil haar niet worden! Mam, stop met vergelijken. Ik ben mezelf gewoon nog aan het uitvogelen. Dat is héél normaal en de reden waarom ik een tussenjaar heb genomen. Laat mij gewoon met rust!"

Er valt een gigantische stilte. Louise is te bang om wat te zeggen, dus houdt ze haar mond. Eva kalmeert langzaam en gaat verder:

"Je negeert mij. Je verwaarloost mij en je kiest Kayleigh boven mij. Hoe kan je zo openlijk een kind boven de ander zetten?"

"Ik heb het nooit zo bedoeld ... Ja. Ik vergelijk je omdat ik mij zorgen maak om je. Je weet na zoveel tijd nog steeds niet wat je wil. Ik probeer je alleen te helpen!"

"Je doet het verkeerd. Je maakt mij alleen maar onzeker en boos. Als je mij echt wil helpen, laat mij dan met rust! Het komt goed."

"Het spijt mij ..."

Eva knikt en geeft haar moeder een knuffel. Haar moeder kust haar op haar voorhoofd en houdt haar stevig vast. Zo blijven ze een paar minuten staan.

"Het is al goed mam, echt waar. Ik wil alleen dat je begrijpt dat het niet makkelijk is. Kayleigh weet haar hele leven al wat ze wil worden."

"Het is ook niet makkelijk. Ik heb precies hetzelfde als jij gehad. Mijn moeder hielp mij daar totaal niet in, terwijl ik wel om haar hulp vroeg. Misschien push ik toch iets te hard. Het spijt mij."

"Het is al goed mam, echt waar. Ik wil alleen dat je begrijpt dat ik er mee bezig ben. Op mijn eigen manier."

Haar moeder knikt.

"Je mag nu verder met het eten!"

Ze beginnen dan allebei te lachen. Haar moeder geeft haar nog één kus op haar voorhoofd en gaat dan verder met het eten. Eva gaat glimlachend naar haar kamer en opent de zak waar ze haar gekochte spulletjes in heeft gedaan. Onderin ligt de zwangerschapstest. Ze rolt met haar ogen en pakt de test. In de badkamer voert ze de test uit. Op de verpakking staat: *"één streepje betekent negatief, twee streepjes betekent positief"*. Eva gaat zitten op het toilet en staart vijf minuten naar het staafje. Langzaam begint er iets te verschijnen. Eva knippert met haar ogen. Het zijn twee streepjes.

HOOFDSTUK 7

Harde waarheden

Eva ligt op haar krakkemikkige bed na te denken over haar zwangerschapstest en hoe haar hele wereld op zijn kop staat. 'Een kind? Hoe ga ik dit aanpakken? Hoe ga ik ervoor zorgen?'

Er gaan duizenden vragen door Eva's hoofd. Ze raakt telkens in paniek en wordt zelfs een beetje licht in haar hoofd als ze er te veel over nadenkt, maar het ergste waar ze over kan nadenken, is hoe ze dit aan James moet vertellen.

's Avonds komt Demi langs. Wanneer Demi Eva's kamer binnenkomt, ziet ze Eva met rode ogen op bed zitten.

Demi vraagt: "Wat is er aan de hand? Wat is er gebeurd?" Ze loopt naar Eva toe en slaat een arm om haar heen.

Eva begint heel hard te huilen. Ze staat op en pakt iets uit haar laatje. Het is de zwangerschapstest. Demi pakt het aan het laat het meteen vallen wanneer ze het plusje ziet. Demi schudt haar hoofd en weet niet hoe ze moet reageren. Een paar seconden is het compleet stil. Je hoort de regendruppels op de dakpannen kletteren.

Eva raakt in paniek: "Ik weet niet wat ik moet doen. Ik weet niet wat ik moet doen. Alsjeblieft Demi, help me."

Demi staat op en knuffelt haar. Dan kijkt ze Eva aan en zegt: "Het komt allemaal goed. Hoe is dit gebeurd? Ik dacht dat je een spiraal had."

"Dat heb ik ook! Ik ben gewoon die ongelukkige één á twee procent!"

Demi weet niet wat ze hoort en moet zelf het nieuws laten zakken. Ze kijkt uit het raam en ziet zichzelf in de weerspiegeling.

Demi zucht en zegt: "Heb je het James al verteld?"

Eva's gezicht verstijft compleet, alsof ze net een moord heeft zien gebeuren. Demi schudt haar hoofd.

"Dat dacht ik al. Je moet het hem vertellen Eva! Zo snel mogelijk. Ook je ouders moeten het weten. Alleen daarna kan je pas verder naar stap twee."

Eva knikt en zegt: "Je hebt gelijk Demi. Ik weet het, maar ik ben zo bang. Wat nou als hij mij verlaat? Wat moet ik dan?"

Demi schudt haar hoofd "Dat gaat hij niet doen. Echt niet. Als hij de jongen is die jij zegt dat hij is, dan komt het goed. Weetje al of je het gaat houden?"

Eva kijkt haar aan en knikt met haar hoofd. Ze loopt naar haar houten kastje naast haar bed. Op het kastje staat een wit lampje met daarnaast haar telefoon. Ze pakt hem op, zoekt het nummer van James en begint hem te bellen. Hij gaat meteen over.

James zegt: "Hey Eva, wat grappig. Ik wilde je net echt bellen. Wat is er? Hoe gaat het voor de rest?"

"Het gaat … prima met mij. Heb jij tijd vanavond om te praten? Het is héél belangrijk."

"Ja hoor, prima. Dat is goed. Dan zie ik je vanavond. Zullen we vanavond bij jou afspreken?"

"Nee hoor, bij mij is prima. Dan zie ik je vanavond."

"Tot vanavond", en James hangt op. Hij zucht. Hij loopt naar huis toe vanaf het metrostation. Hij video-belt meteen Noa.

Noa zegt: "Hey schat, en? Heb je haar al gesproken?"

"Ik ga haar vanavond spreken en zeggen wat ik moet zeggen. Ik ben wel echt héél erg nerveus. Ik ben zo bang dat ik haar zoveel pijn ga doen."

"Dat snap ik James, maar je moet het doen. Het is misschien nu pijnlijk, maar op het einde van de dag is het beter en zachtaardiger dan iemand aan het lijntje houden. Eerlijkheid duurt het langst."

James zucht. "Ja, dat is zeker waar. Weet je wat ik eigenlijk het engste vind hieraan?"

Noa schudt zijn hoofd. Er valt een seconde stilte en Noa ziet in James' ogen dat hij twijfelt om het te zeggen.

"Dat ik, behalve dat ik nerveus ben, er niks over voel. Niet verdrietig of ook maar iets in die richting. Ik ben bijna opgelucht eigenlijk dat de relatie eindigt."

Noa kijkt hem met grote ogen aan. "Zeg dat alsjeblieft niet tegen haar vanavond."

James lacht en schudt zijn hoofd. Hij komt intussen aan bij zijn huis. Eenmaal binnen gaat hij door de smalle, witte gang naar boven.

Noa zegt: "Het komt goed. Wees eerlijk. Wees jezelf. Ik ben eerlijk gezegd trots op je dat je dit doet. Diegene waar jij verliefd op bent, is een fortuinlijk persoon."

James bloost. "Dank je Noa. Echt, oprecht. Dankjewel voor alles. Ik weet niet wat ik zonder jou moet."

Noa begint ook te blozen. Ze kijken elkaar een minuut lang aan zonder iets tegen elkaar te zeggen. James verbreekt de stilte. "Ik eh … Ik bel je later wel. Als ik terugkom van Eva."

Noa knikt en zegt: "Ja, is goed. Ik spreek je later!"

James hangt op. Na het eten maakt hij zich klaar om naar Eva te gaan. Hij doet zijn schoenen aan en pakt zijn OV-chipkaart. In de tram naar Eva begint zijn been te trillen door de zenuwen. James begint ernstig te zweten. 'Gelukkig heb ik veel deo op', denkt hij. Wanneer hij bij Eva's grote huis aankomt, blijft hij een minuut voor de deur staan. Die minuut voelt alsof hij een uur duurt. James twijfelt ineens of dit wel een goed plan is en of hij zeker is dat hij dit wil doen. Dan draait hij een knop om in zijn hoofd en drukt hij op de deurbel. De vader van Eva opent de deur en verwelkomt hem. Hij zegt dat Eva boven is. James knikt, gaat naar boven en loopt naar Eva's kamer. Wanneer hij binnenkomt, ziet hij Eva liggen op bed. Ze ziet er moe uit. James glimlacht en loopt naar haar toe. Hij gaat naast haar zitten. Ze raken elkaar niet aan. Eva kijkt hem aan, maar zegt niks.

Hij vraagt: "Ik weet waarschijnlijk al waar dit over gaat. Ik weet dat we de laatste tijd niet op één lijn zitten en ik wil vertellen waarom."

Eva fronst en zegt: "Wacht … wat?"

Ze gaat rechtop zitten en begint hem aan te kijken. James slikt en begint héél erg te zweten.

"Is dat niet de reden waarom je wilde praten?"

Eva schudt haar hoofd en zegt: "Nou nee, niet echt. Maar ik vraag me wel af inderdaad, wat is er met je aan de hand? Je doet zo afstandelijk."

James' handen beginnen te trillen. Hij weet wat hij moet zeggen, hij weet alleen niet hoe. Er gaan duizenden scenario's door zijn hoofd. Wat als ze nu flipt? Wat als ze nu boos wordt?

Voordat Eva nog iets kan zeggen, zegt James hardop: "Ik ben homo."

Er valt een ongelooflijke, immense diepe stilte. Eva schudt haar hoofd en weet niet wat ze moet zeggen. Ze verstijft en voor haar gevoel stort haar hele wereld in elkaar.

Ze staat op en zegt: "Hoe bedoel je? Hoe bedoel je je bent homo?"

James haalt zijn schouders op. De woorden liggen op zijn tong, maar durft ze niet uit te spreken. Hij is bang dat hij iets verkeerds zegt.

Eva begint te huilen "Hoe lang weet jij dit al? Hoe ben je erachter komen als ik vragen mag?"

James zegt: "Nog maar net, echt héél kort. Het spijt mij Eva, ik wou dat het anders was. Maar ik kan dit deel van mij niet veranderen. Ik ben namelijk voor iemand anders gevallen."

James staat ook op en loopt langzaam naar haar toe. Hij probeert haar te troosten en legt een hand op haar schouder. Eva slaat zijn hand direct weg.

Ze schreeuwt: "Ga weg! Onmiddellijk!"

James schudt zijn hoofd en voelt zich ongelooflijk gekwetst. Hij blijft staan waar hij staat en zegt: "Eva het spijt mij, alsjeblieft. Blijf rustig."

Eva pakt haar lamp en gooit het naar hem toe. James duikt snel weg en de lamp verbrijzeld in honderden stukjes.

"Ga weg! Ik hoef je hier nooit meer te zien!"

James loopt snel de kamer uit en rent uit het huis. Eva's moeder loopt snel naar boven. Ze ziet Eva huilend op de grond, rent naar haar toe en omhelst haar.

Ze vraagt: "Wat is er gebeurd in godsnaam? Wat hoorde ik?"

Eva zegt niks en omhelst haar moeder alleen maar. Intussen is James aan het rennen voor zijn leven. Uiteindelijk stopt hij en stort in elkaar. Hij vraagt zich af hoe hij dit beter aan had kunnen pakken en begint zich enorm schuldig te voelen. Hij twijfelt of hij terug moet gaan, maar besluit toch om het niet te doen. James pakt zijn telefoon en belt gelijk Noa.

Noa neemt op: "Hey schat, hoe is het gegaan?"

James klinkt verdrietig en zegt: "Nou ... laat ik het zo zeggen. Fouter had het eigenlijk niet kunnen gaan."

HOOFDSTUK 8

De ontkenning

Het is een regenachtige dag. Eva huilt bij Demi uit over wat er gisteren is gebeurd. Terwijl Eva aan het uitleggen is, merkt Demi dat Eva nu echt haar dieptepunt heeft bereikt. Demi merkt ook dat Eva extreem mager is en dat ze gigantische wallen onder haar ogen heeft. Als Eva is uitgepraat, valt er een kleine stilte.

Demi vraagt: "Heb je überhaupt wel gegeten gisteren?"

Eva kijkt haar aan en zegt niks. Ze staart naar de grond alsof de planken op de vloer opeens zullen gaan bewegen. Demi staat op en loopt naar de keuken. Ze maakt een tosti voor Eva omdat die daar dol op is. Wanneer Demi terugkomt, geeft ze de tosti aan Eva. Ze schudt haar hoofd.

"Je moet eten Eva, kom op. Ik maak me zorgen om je. Ik weet dat het allemaal veel is om te verwerken en dat je het gevoel krijgt hier nooit overheen te komen maar mag ik je iets vertellen?"

Eva kijkt haar aan en knikt. Demi gaat rechtop zitten en legt de tosti op tafel. Ze kijkt Eva aan en vertelt: "In de week dat ik hoorde dat ik voor de tweede keer was gezakt voor de HAVO, hoorde ik ook dat mijn vriendje was vreemdgegaan met mijn beste vriendin. Ik had het gevoel alsof ik daar nooit overheen zou kunnen komen, maar tijd heelt. En geloof mij, je gaat hier overheen komen. En jouw kind gaat het gelukkigste kind worden van de wereld. Het enige wat je moet doen is: volhouden."

Eva zegt: "Het het spijt mij zo erg Demi. Wat vreselijk ..."

Ze omhelst Demi. Een halfuur lang zwijgen de vriendinnen en houden elkaar alleen maar vast.

Demi zegt: "Het is wat het is. Het komt goed. Ik zie onszelf al zitten over veertig jaar, met een cocktail in ons hand, lekker te chillen op Ibiza. Echt waar. Nou, zullen we maar even wat kijken op tv?

Eva begint te lachen en knikt. Ze pakt de afstandsbediening en zet wat op. Dan pakt ze de tosti en eet hem op. Demi denkt aan het feit dat James het nog steeds niet weet, maar die gedachte houdt ze voor zich. In de tussentijd wordt James wakker. Hij kijkt op zijn horloge en ziet dat het twaalf uur is. Hij voelt zich nog steeds ongelooflijk schuldig en alsof er een steen op zijn maag ligt. Hij ziet dat hij een aantal berichtjes heeft gekregen van Eva, maar hij voelt zich nog niet in staat om erop te reageren.

James staat op en loopt naar de douche. De badkamer is compleet wit, alleen de stenen vloer is zwart. Wanneer hij klaar is met douchen kleedt hij zich aan en loopt naar beneden. Zijn moeder zit op de grijze bank naar de grote tv te kijken.

Ze vraagt: "Goeiemorgen lieverd, Is alles goed gegaan gister? Je was vroeg terug van Eva."

James knikt en loopt van de trap af. Hij zegt: "Ik heb het gisteren uitgemaakt. Ik voel niet meer voor haar wat ik vroeger voelde. Ik ben oké trouwens."

"Oh lieverd, het spijt me om dat te horen. Wat gebeurde er? Hoe reageerde Eva erop?"

"Niet goed. Ze gooide een lamp naar mijn hoofd. Ik ben het huis uitgerend en meteen naar huis gegaan."

Zijn moeder zucht en zegt: "Wat naar allemaal, maar goed dat je eerlijk met haar bent geweest. Het komt goed."

James knikt en loopt naar de grote open grijze keuken. Hij pakt een broodje en smeert er wat jam op.

Zijn moeder zet de tv wat zachter en zegt: "James, wij moeten wel even praten over iets."

James fronst en legt het mes neer. Hij loopt naar zijn moeder toe en zegt: "Waarover?"

"Ik hoorde van mijn zus dat je met haar naar Engeland gaat om familie te bezoeken en niet met je vader? Waarom?"

James weet niet wat hij hoort. Hij schudt zijn hoofd en kijkt zijn moeder aan alsof ze niet goed bij haar hoofd is. Hij begint zich ziek en verdrietig te voelen.

Hij antwoordt: "Wacht, hoe bedoel je? Het is toch logisch dat ik niet met mijn vader wil?"

Zijn moeder schudt haar hoofd. Ze zegt: "Nee, natuurlijk niet. Het is zijn familie. Ik vind het zelf echt héél raar dat je niet met je vader wil."

"Ik heb je het toch verteld? Ik heb geen band met hem. Ik wil niks van hem. Ik wil niks met hem doen. Ik wil niks met hem te maken hebben. Ik dacht dat ik dat héél duidelijk had gemaakt een paar weken geleden. Ik kan niet geloven dat je dit nu zegt."

Zijn moeder zucht en zegt: "Doe normaal. Het is niet alsof hij je heeft mishandeld. Kom op zeg."

James verstijft een moment. Hij weet niet wat hij hoort. Zijn ogen worden langzaam rood en hij balt zijn vuisten.

Hij zegt: "Dat heeft hij wel gedaan. Hij was vreselijk tegen mij toen ik jong was. Hij heeft mij zelfs een paar keer geslagen. Ik snap dat het frustrerend kon zijn met mij. Ik ben niet makkelijk en mijn autisme heeft héél veel dingen verergerd, maar niemand verdient zo behandeld te worden als ik ben behandeld. Niemand!"

Zijn moeder lacht en zegt: "Alsjeblieft zeg. Hij was misschien hard, maar niet wreed. En ik geloof echt niet dat hij je heeft geslagen. Genoeg hierover."

James fronst en zegt: "Zeg je nou dat ik lieg?"

Zijn moeder kijkt weg en zegt niks. James probeert in volle macht niet in huilen uit te barsten. Hij had het gevoel alsof hij eindelijk werd begrepen en gehoord na jarenlang verwaarloosd te zijn, maar tevergeefs.

James knikt en zegt: "Oké, oké. Ik zou dit van veel mensen kunnen hebben, maar van jou? Van alle mensen, zou jij mij moeten geloven! Ik zit hier te vertellen wat die man mij heeft aangedaan en in plaats van mij te troosten, doe je alsof ik gek ben. Na het gesprek van een paar weken terug dacht ik eindelijk dat je mij begreep, maar in realiteit heb je dat nooit gedaan. Ik ben klaar met jou!"

James rent woedend naar boven. Zijn moeder blijft stil op de bank zitten. Hij zwaait de deur met een harde klap dicht en springt op bed. Hij begint keihard te huilen en schreeuwt in zijn kussen. Na vijf minuten gaat hij rechtop zitten, alleen en onbegrepen. Dan loopt hij naar zijn grote houten kast en pakt er een koffer eruit.

Hij zegt tegen zichzelf: "Nu is het klaar."

Hij legt de grote, grijze koffer op zijn bed en pakt al zijn kleding en belangrijke spullen in. Hij ziet een foto van hem en zijn moeder op het kastje staan en twijfelt of hij die wil meenemen. Hij pakt de foto en staart er een minuut naar. Dan, ineens, voelt hij een grote woede opkomen. Hij smijt de foto tegen de muur en het glas van de fotolijst breekt in duizenden stukken. Zijn moeder schreeuwt naar boven, maar hij kan niet horen wat ze zegt. Wanneer zijn koffer is ingepakt, loopt hij naar beneden. Zijn moeder staat aan de trap.

Ze zegt: "Wat ga jij nou in godsnaam doen?"

James negeert haar, loopt snel naar beneden en naar de deur. Zijn moeder pakt zijn arm en trekt hem terug.

James schreeuwt: "Laat me los! Ik ben klaar met jou!"

Zijn moeder schudt haar hoofd en zegt: "Waar denk jij dat je naartoe gaat? Je hebt ons nodig!"

James lacht en zegt: "Ik heb jullie nooit nodig gehad. En het heeft mij 21 jaar geduurd om daarachter te komen. Ik leer niet snel, maar ik leer. Vaarwel moeder."

Hij wurmt zich los uit haar greep en loopt de deur uit. Zijn moeder zakt in elkaar en begint te huilen. Wanneer James zijn huis niet meer ziet, stort hij in elkaar. Hij voelt zich sterk en zwak tegelijkertijd. Hij voelt geen spijt, maar wel verdriet.

James pakt de eerste tram naar Noa. Hij probeert hem te bellen, maar Noa neemt niet op. Wanneer hij bij de halte uitstapt, ziet hij Noa's huis in de verte. Hij twijfelt geen seconde en loopt er naartoe. Het huis van Noa is een groot, wit, alleenstaand huis met een houten dak. De tuin is gigantisch en staat vol met veel verschillende soorten bloemen. Naast het huis staat een garage. James loopt naar de deur en drukt op de bel. Niemand doet open. James probeert Noa te bellen, maar die neemt niet op. James gaat voor de deur zitten met zijn koffer. 'Er zit niks anders op dan te wachten', denkt hij.

Na een halfuur komt er een Volkswagen aanrijden. Noa is de eerste die uitstapt en ziet James zitten. Hij rent naar hem toe en omhelst hem meteen.

Noa vraagt: "Wat is er gebeurd?"

James zegt niks en stort in elkaar. De ouders van Noa komen aangelopen. De moeder van Noa, Tamara, is een lange vrouw met donker haar. Noa en zijn moeder hebben dezelfde kleine neus. Noa lijkt ongelooflijk veel op zijn vader, Maarten. Het is een grote, brede man en hij draagt een kleine bril. Hij heeft blond haar, net zoals Noa.

Tamara zegt: "Kom, laten we naar binnen gaan. Maarten, kan jij die koffer naar binnen brengen?"

Maarten twijfelt geen seconde en helpt met de koffer. Tamara en Noa brengen James naar binnen. De woonkamer is groot, met rechts een prachtige, witte, open keuken en links een grote woonkamer met een grijze bank en drie stoelen. James gaat samen met Noa op de bank zitten. Tamara pakt wat water, terwijl Maarten de koffer naar boven brengt. Tamara gaat tegenover James en Noa zitten.

Tamara zegt: "Dus, wat is er gebeurd? Leg alles uit.'"

James begint alles uit te leggen. Wat er is gebeurd tussen hem en zijn moeder. De vreselijke dingen die zijn vader heeft gedaan en waarom hij weg is gegaan.

James zegt: "Ik ... sorry. Ik wist niet waar ik anders terecht kon. Het spijt me dat ik zo binnenval."

Tamara schudt haar hoofd en zegt: "Het is echt geen probleem. Ik ben Tamara overigens."

"Ik ben James."

Tamara lacht en zegt: "Aangenaam, James."

Tamara gaat naast hem zitten en slaat een arm om hem heen. Ze zegt: "Je bent hier van harte welkom en je mag zo lang hier blijven als je wil. Dat je dat alvast weet."

James lacht en zegt: "Dank ..., dankjewel."

En dan voelt James iets dat hij een lange tijd niet heeft gevoeld. Hij voelt zich op zijn gemak.

HOOFDSTUK 9

De ketting van verdriet

Noa ligt in bed en wordt langzaam wakker. Hij draait zijn hoofd een kwartslag en ziet op zijn wekker dat het half tien s' ochtends is. Naast zijn bed ligt een luchtbed waar James rustig op slaapt. Noa stapt voorzichtig uit bed en loopt naar de douche. Noa heeft een eigen douche naast zijn kamer. Hij begint zijn tanden te poetsen en een paar minuten later hoort hij James wakker worden.

Hij zegt: "Goeiemorgen slaapkop. Lekker geslapen?"

James' ogen gaan langzaam open. Hij gaat zitten en kijkt om zich heen. Hij is even gedesoriënteerd, alsof hij weer had verwacht in zijn eigen slaapkamer wakker te worden.

James zegt: "Jawel hoor. Beter dan de nacht daarvoor. En de nacht daarvoor … Het voelt wel nog steeds raar na een maand, om hier wakker te worden en niet in mijn kamer."

"Snap ik totaal James."

Noa legt zijn tandenborstel neer en loopt naar James toe. Hij gaat naast hem zitten op het luchtbed en pakt zijn hand.

Noa zegt: "Niemand verwacht dat je je meteen hier thuis voelt of dat je je meteen beter gaat voelen. Tijd heelt. Geloof me. Geef jezelf tijd."

"Dankjewel. Dank voor alles eigenlijk."

Noa haalt zijn schouders op. Ze kijken elkaar een seconde aan en zeggen niks. James bloost een beetje.

Tamara roept naar boven: "Zijn jullie al wakker? Ontbijt staat klaar!"

Noa en James trekken wat aan en lopen naar beneden. Maarten staat in de keuken pannenkoeken te bakken, terwijl Tamara aan tafel zit.

Tamara zegt: "Goeiemorgen!"

James en Noa zeggen allebei tegelijk goeiemorgen terug. James gaat aan tafel zitten, maar zegt niks. Hij voelt zich nog steeds niet helemaal op zijn gemak, en eigenlijk een beetje schuldig over het feit dat hij zomaar is komen binnenstormen.

Tamara legt een hand op James' arm en vraagt: "Gaat alles goed?"

James knikt. Maarten legt versgebakken broodjes op tafel en wat zelfgemaakte pannenkoeken. Noa gaat naast James zitten en pakt een pannenkoek die hij verzuipt met stroop.

James lacht en zegt: "Ik doe dat ook altijd."

Noa lacht en Tamara rolt sarcastisch met haar ogen. Maarten gaat naast Tamara zitten. James pakt ook een pannenkoek en verzuipt hem, net zoals Noa, in stroop. Tijdens het ontbijt hebben ze het over voetbal, politiek, school: van alles. Ook vertellen Noa's ouders over zichzelf. Tamara vertelt dat ze nooit haar middelbare school heeft afgemaakt en de halve wereld heeft afgereisd. Van de ene baan naar de andere baan, wat haar veel heeft geleerd. Totdat ze Maarten ontmoette in Singapore. Maarten heeft zijn eigen bedrijf en was daar lang op zakenreis. Tamara was op slag verliefd en Maarten ook.

James vraagt: "Hoe wisten jullie dat de liefde echt was? Dat je zeker wist dat je verliefd op hem was?"

Tamara glimlacht en zegt: "Je moet jezelf de vraag stellen of je zonder die persoon kan leven. Toen Maarten mij vertelde dat hij weer naar Nederland moest, kon ik het niet over mijn hart verkrijgen om in Singapore te blijven. Het was een risico, we kenden elkaar pas drie maanden. Maar ik nam het risico om te gaan. En meer dan twintig jaar later zijn we nog steeds bij elkaar."

Tamara pakt Maartens' hand. Ze kijken elkaar liefdevol aan. Dan kijkt James naar Noa. Hij krijgt een warm gevoel. Als Noa zich omdraait, kijkt James snel weg.

Tamara zegt: "Als je van iemand houdt, zeg dat dan zo snel mogelijk tegen diegene. Het leven is kort. Je hebt meestal niks te verliezen."

Noa kijkt verdrietig omlaag. Tamara zucht. James legt een hand op zijn been en zegt: "Noa, hij verdiende jou niet. Op een dag gaat iemand zo gelukkig met jou zijn! Dat weet ik gewoon zeker."

Noa bloost en zegt: "Dankjewel James. Hetzelfde geldt voor jou en die jongen die jij zo leuk vindt."

Tamara fronst en vraagt: "Welke jongen vind jij leuk, James? Dat heb je ons nog helemaal niet verteld!"

James kijkt angstig en zegt: "Ehm ... gewoon. Een jongen die ik ken via via. Ik vind hem al een tijdje leuk, maar ik ben bang dat hij mij niet ziet zitten."

Tamara lacht en zegt: "Ik snap dat het eng is, maar het kan zo goed uitpakken. Waarschijnlijk zit hij in precies dezelfde positie. En het zou zonde zijn als jullie niks tegen elkaar zouden zeggen, vrienden blijven voor altijd, terwijl jullie allebei hoteldebotel van elkaar zijn."

James krijgt een warm gevoel. Hij knikt en zegt: "U heeft gelijk. Ik weet wat ik nu moet doen in ieder geval."

"Goed zo. En ja, ik heb altijd gelijk!"

Iedereen begint te lachen. Wanneer iedereen klaar is met ontbijten, bedankt James Noa's ouders en loopt dan naar boven. Ze gaan allebei om de beurt douchen. Wanneer Noa klaar is met omkleden, loopt Tamara naar boven. Ze opent de deur naar Noa's slaapkamer.

Tamara zegt: "Schat, niet vergeten hé! We moeten straks om twee uur bij die afspraak zijn."

"Ja mam, ik was het niet vergeten. Dank."

Tamara doet de deur achter zich dicht. Noa zucht. James loopt de badkamer uit en vraagt:

"Welke afspraak?"

Noa haalt zijn schouders op en zegt niks. James fronst. Een paar uur later vertrekken Noa en zijn ouders voor die afspraak.

Tamara zegt: "We zijn zo snel mogelijk terug. App maar als er iets is!"

James knikt. Tamara geeft hem een knuffel, iets wat hij niet is gewend, maar wel héél fijn vindt. Noa doet hetzelfde.

Noa zegt: "Dit T-shirt ... het staat je goed. Grijs staat je wel echt goed, moet je vaker aandoen!"

James glimlacht en zegt: "Dankjewel. Ik zie je zo!"

Noa knikt. Ze kijken elkaar weer even aan en zeggen niks. Noa draait zich om en loopt samen met Tamara de deur uit. James gaat op de bank zitten en kijkt tv. Na een uurtje loopt hij naar de keuken en maakt een sandwich voor zichzelf. Hij lust niet veel, dus doet hij er alleen kaas en salade op. Rond vier uur komen Noa en zijn ouders thuis. Hij merkt dat er iets is gebeurd. Tamara kijkt ernstig verdrietig en Maarten ziet er verslagen uit. Noa zegt niks en loopt meteen naar boven. James gaat rechtop zitten.

Hij vraagt: "Wat is er gebeurd?"

Tamara zegt: "Oh, niks. Er is niks. Is er hier nog iets gebeurd?"

James schudt zijn hoofd. Tamara loopt naar hem toe en geeft hem een knuffel. James lacht.

"Jullie geven wel veel knuffels zeg."

Tamara begint te lachen. James staat op en loopt naar boven om te kijken hoe het met Noa gaat. Hij loopt zijn kamer in en ziet dat Noa uit zijn raam kijkt.

James vraagt: "Hey, is er iets gebeurd?"

Noa kijkt hem aan en ziet dat James bij de deuropening blijft staan. Hij merkt dat James niet echt binnen durft te komen.

Noa schudt zijn hoofd en zegt: "Nee. Er is niks gebeurd. Hey, wat zeg jij tegen vanavond stappen in Amsterdam?"

James' gezicht gloeit in één keer op. Hij zegt: "Ik zou dat geweldig vinden!"

Noa knikt en staat op. Hij loopt naar James toe en geeft hem zomaar een knuffel. James verstijft een beetje, maar knuffelt hem terug.

Noa zegt: "Sorry, daar had ik even zin in."

James lacht en zegt niks. De rest van de dag merkt hij aan Noa dat er iets niet klopt. Hij is heel stil en doet merkwaardig. Aan tafel bij het avondeten is de sfeer grimmig. Alsof er iemand is vermoord. Na het eten maken Noa en James zich klaar om uit te gaan. James trekt een blauw T-shirt aan.

Hij vraagt: "Is dit T-shirt wat, Noa? Ik twijfel eerlijk gezegd. Ik merk toch dat zwart en grijs mij beter staan."

"Nee, sorry. Doe dat grijze T-shirt maar aan. Staat je veel beter!"

James knikt en doet het grijze T-shirt aan. Wanneer ze klaar zijn, lopen ze naar beneden.

Tamara vraagt: "Hoe laat zijn jullie thuis?"

Noa zegt: "Verwacht ons niet terug voor de ochtend."

Tamara lacht en knikt. Ze wenst hen veel plezier. James en Noa pakken de tram naar het Leidseplein.

James zegt: "Weet je nog de eerste keer dat we uitgingen? Voelt echt weer als een eeuwigheid geleden."

Noa knikt en zegt: "Ik hield van die avond. Toen kenden we elkaar nog maar echt net. Maar ik kan eerlijk gezegd mijn wereld zonder jou nu niet voorstellen."

James lacht en zegt: "Insgelijks."

Wanneer ze aankomen, stappen ze uit en zien ze Lois en haar vrienden meteen al voor de club staan. Lois geeft Noa en James meteen een knuffel.

Ze zegt: "Nou, hé! Duurde lang. Kom op, ik ben al compleet aangeschoten. Jullie lopen achter!"

James en Noa lachen haar allebei uit en lopen met haar mee. Lois introduceert al haar vrienden. Het zijn vier meiden en vijf jongens. Allemaal héél verschillend van elkaar. Ze lopen naar de club en horen meteen het nummer *Gimme Gimme Gimme!* Van *ABBA*. Noa en James bestellen allebei een biertje en dansen met de groep. Net zoals de vorige keer moet James er een beetje inkomen. Hij staat een beetje ongemakkelijk, maar na een uurtje en vijf biertjes verder komt hij los. Hij begint met elk nummer mee te schreeuwen en heeft de tijd van zijn leven. Noa begint, net zoals de vorige keer, met iedereen in de club te praten. Lois wordt in de tussentijd door twee verschillende jongens versierd, maar weet niet echt wat ze van de aandacht vindt. Om drie uur s' nachts begint James zich niet goed te voelen en rent naar het toilet.

Lois lacht en zegt tegen Noa: "Het is weer zo ver hoor!"

Noa en Lois rennen achter James aan. Het toilet is klein en op de muren is getekend. Ze zien James op zijn hurken alles

eruit te kotsen. Lois kijkt weg, maar Noa loopt naar hem toe
en helpt hem.

Noa zegt: "Gooi alles er maar uit, goed zo!"

Nadat James klaar is met overgeven, staat hij op en spoelt
zijn mond. Lois staat afkeurend bij de ingang.

Ze zegt: "Jij altijd en overgeven …"

James haalt zijn schouders op en loopt met ze terug naar
de dansvloer. Noa en James beginnen dan uitbundig met z'n
tweeën te dansen. James knuffelt hem spontaan.

Hij zegt: "Ik weet … dat ik … héél dronken ben, maar … ik
ben zo gelukkig met jou. Echt waar."

Noa begint hard te lachen en zegt: "Ik ben ook héél blij met
jou hoor!"

Rond vijf uur s' nachts sluit de club en vertrekken ze met z'n
allen naar buiten. Ze gaan nog met z'n allen roken, voordat ze
met de tram naar huis gaan. Lois praat met James en hoe alles
eraan toe gaat. James vertelt haar alles en zegt dat het goed gaat.
Nadat ze klaar zijn met roken, gaan ze naar huis. Wanneer Noa
en James thuiskomen, gaan ze direct naar bed.

Wanneer Noa zijn lenzen uitdoet, zegt hij: "Ik heb het zo naar
mijn zin gehad vanavond, wow."

James ligt languit op bed en zegt: "Ja, ik ook! Héél erg zelfs.
Het was eerlijk gezegd nog leuker dan de vorige keer!"

"Ja dat vond ik ook. Betere muziek ook eerlijk gezegd. En
gezelligere mensen. Heb echt met iedereen staan praten. Ik
heb ook echt vijftig mensen toegevoegd op Snapchat. Waarom?
Geen idee."

Noa poetst zijn tanden. James kleedt zich om, gaat in bed
liggen en scrolt op zijn telefoon. Hij ziet de meest gênante video's
voorbijkomen en zucht. Wanneer Noa klaar is met tandenpoet-
sen, springt hij op bed.

Noa zegt: "Trouwens, die lange jongen, Leon. Die zag jou
volgens mij wel zitten! Hij keek jou echt de hele tijd aan!"

"Haha, echt? Wat grappig. Nou weet je, sorry. Maar hij was
nou niet echt mijn type. Veel te lang."

Noa gaat dan rechtop zitten en zegt: "Maar wat is jou type dan? Ik bedoel, je wil nooit iets kwijt over de persoon waar je zo verliefd op bent."

James staat op en gaat op Noa's bed zitten. Hij wil iets zeggen, maar houdt het voor zich. Noa fronst.

"Wat is er James? Wil je iets kwijt?"

Er valt een stilte. James kijkt omlaag en zegt tegen zichzelf: "Kom op, zeg het!"

Hij moet denken aan wat Tamara zei.

Noa pakt zijn hand en zegt: "Je kan mij alles vertellen!"

James lacht en knikt.

"Oké, Noa. Ik dacht altijd dat ik hetero was. Ik heb er zelf nooit aan getwijfeld. Ook niet omdat ik met Eva was en ik keek eigenlijk nooit om naar jongens. Ik was er altijd van overtuigd dat ik verliefd was op Eva. Maar in werkelijkheid was het nooit liefde wat er was tussen mij en Eva. En toen ik erachter kwam dat ik gay was, was dat echt een schok voor mij. Jij hebt iets gezien in mij wat niemand ooit heeft gezien ... Wat ik probeer te zeggen is ..."

James stopt met praten. Noa kijkt hem fronsend aan en zegt niks. Ze kijken elkaar dan met een doordringende blik aan.

James zegt: "Ik hou van je ... "

Er valt een diepe stilte. Noa's mond valt open en hij kijkt weg. James raakt langzaam in paniek en kijkt, net zoals Noa, de andere kant op.

"Ik ... Ik weet dat jij waarschijnlijk niet hetzelfde voor mij voelt. Maar ik vond gewoon dat je dit moest weten."

James hoort dan zacht gesnik van Noa. James kijkt hem dan aan en ziet dat Noa aan het huilen is.

James vraagt: "Noa, wat is er?"

Noa kijkt hem aan en begint hard te huilen. James omarmt hem en raakt in paniek. Is het zo erg wat ik heb gezegd? Vraagt James zich af. Noa knuffelt hem terug.

"Je hebt geen toekomst met mij James. Echt niet. Het spijt mij ... Het spijt mij voor alles!"

Noa begint nog harder te huilen. James snapt er helemaal niks van en weet niet hoe hij zich nu moet voelen.

James kijkt hem aan en vraagt: "Noa, wat is er! Wat bedoel je?"

Noa staat op en keert zijn rug naar James toe. Er valt een stilte die eeuwig lijkt te duren. Dan draait Noa zich om.

Hij zegt: "De afspraak die ik vandaag had, was in het ziekenhuis. De dokter vertelde mij vandaag dat mijn kanker niet te genezen is. En dat ik nog maar een halfjaar heb."

James' hele wereld stort in één keer in. Hij voelt zich misselijk, verdrietig en leeg. Hij staart Noa aan alsof hij het niet goed heeft gehoord. Noa gaat naast hem zitten en pakt zijn hand.

Noa zegt: "Het spijt mij zo erg ..."

James schudt zijn hoofd en omarmt hem. Hij begint, net als Noa, hard te huilen. Een half uur lang houden ze elkaar stevig vast, alsof ze elkaar voor het laatst zien.

James zegt: "Doe normaal! Je hoeft nergens sorry voor te zeggen! Ik weet gewoon niet ... Hoelang worstel je hier al mee? Weet Lois dit? Hoe ... Hoe ..."

"Ik heb de diagnose zes maanden geleden gekregen. Ze wisten eerst niet waar het zat. Dus de kanker moest zich eerst verspreiden, maar helaas is de kanker al in mijn lymfe gekomen. Dat betekent dat het overal en nergens in mijn lijf terechtkomt. Chemo heeft ook geen nut meer. Lois heb ik dit nog niet verteld, maar ze weet wel dat ik kanker heb."

James knikt en weet niet wat hij moet zeggen. Noa pakt zijn hand.

"Ik hou ook van jou trouwens ... Vergeten te zeggen."

James zucht en schudt zijn hoofd. Er valt een stilte. James weet niet wat hij moet zeggen. Of hij gelukkig of verdrietig is, kan hij niet zeggen.

Noa vraagt: "Zullen we hier morgen verder over praten? Ik ben zo enorm moe ... Ik denk dat ik elk moment ga omvallen."

James knikt en zegt: "Laten we dat maar doen."

James staat op en gaat op zijn luchtbedje liggen. Noa fronst en blijft even zitten.

Hij zegt: "Ben je nou serieus?"

James gaat rechtop zitten.

"Wat ... wat bedoel je? Je wilde toch gaan slapen?"

Noa begint keihard te lachen.

"James, we hebben zojuist de liefde aan elkaar verklaard. Wil je niet met mij in bed liggen?"

James staat op en zegt: "Eh, ja ... natuurlijk! Ik bedoel ... "

Noa begint te lachen en gaat onder de dekens liggen. James kruipt op bed en gaat naast hem liggen. Langzamerhand kruipt hij dichterbij Noa en slaat dan zijn rechterarm om hem heen. Noa draait zich om, legt zijn hand op James' gezicht en gaat dan dicht tegen hem aan liggen. Ze kijken elkaar aan en in een flits geeft James Noa een kus. Noa begint te blozen. Ze zeggen niks tegen elkaar en staren elkaar alleen maar aan. Na een minuut vallen ze allebei als een roos in slaap.

HOOFDSTUK 10

Alsof het nooit anders was

"Word je wakker, slaapkop?", vraagt Noa. Hij geeft James een kus, die naast hem op bed ligt. James zucht en schudt langzaam zijn hoofd. Noa rolt zijn ogen en staat op uit zijn grote tweepersoonsbed. Noa opent zijn mobiel en ziet dat het 26 juli is. 'James en ik hebben nu officieel een maand', denkt Noa.

Noa vraagt: "Weet je welke dag het is vandaag?"

James reageert niet en begint te snurken. Noa zucht weer en loopt naar het bed toe. Hij neemt wat afstand en springt dan op bed.

James schrikt wakker en zegt: "Oké! Ik word wakker!"

Noa begint hard te lachen en geeft hem een kus.

"We hebben vandaag officieel een maand!"

"Oh, echt? Is dat vandaag?"

James glimlacht en gaat rechtop zitten. Zijn haar zit compleet door de war alsof hij door een orkaan is gelopen. Noa staat op. Nadat ze hebben gedoucht, kleden ze zich aan voor ontbijt en lopen ze naar beneden. Tamara en Maarten zijn naar de stad, dus Noa en James zijn alleen thuis. Noa begint een eitje te bakken. James loopt naar hem toe en knuffelt hem vanachter. Noa lacht. James laat dan langzaam zijn handen zakken, maar Noa stopt hem. Hij loopt weg, terwijl James blijft staan. James zucht.

Noa zegt: "Is er iets?"

James schudt zijn hoofd en zegt niks.

Ze gaan aan tafel zitten voor het ontbijt. Noa krijgt een berichtje op zijn telefoon.

"Oh, Lois nodigt ons voor lunch in de stad. Zullen we gaan?"

James knikt.

"Dat lijkt me een goed plan. Kunnen we ook meteen vertellen over ... Je weet wel ... Ons."

"Ja, laten we dat maar doen."

Noa pakt James' hand. Glimlachend kijken ze elkaar aan. Dan krijgt Noa een pijnsteek in zijn zij.

"Is alles oké?"

Noa knikt.

"Het is niks. Gewoon de dagelijkse onzin."

Na het ontbijt maken ze zich klaar. Terwijl Noa voor de spiegel een pukkel uitknijpt, loopt James naar hem toe en geeft hem een knuffel vanachter. Noa lacht en draait zich om. Hij kust James en houdt diens gezicht met beide handen goed vast.

Noa zegt: "Ik had niet verwacht mij ooit nog zo gelukkig te voelen. Weet je, na alles."

"Sst ... We hoeven het daar niet over te hebben als je dat niet wil."

Noa glimlacht en knuffelt hem. James houdt hem stevig vast. Na een poosje lopen ze naar beneden en pakken ze hun jas van de kapstok. Ze lopen naar buiten en door de grote tuin. Wanneer ze bij de tram aankomen, begint het plots een beetje te regenen.

Noa zegt: "Ik haat regen."

James knikt.

"Wie niet ..."

Ze stappen de tram in en kopen een kaartje. Met z'n tweeën gaan ze bij het raam zitten.

James vraagt: "Hoe gaat het trouwens met ... Je weet wel."

"James, lief dat je het vraagt. Maar ik wil het er niet over hebben."

"Noa, dat snap ik echt. Maar misschien is het goed om het erover te hebben. Ik bedoel ..."

"James, hou erover op!"

James schrikt. Noa kijkt weg en staart uit het raam. James houdt zijn mond tijdens de rest van de trip. Wanneer ze aankomen bij station Nieuwmarkt, stappen ze uit en lopen ze naar het plein. Ze zien Lois staan bij het café waar ze hebben afgesproken. Lois rent op hen af en geeft ze een knuffel.

Lois vraagt: "En? Hoe gaat het met mijn schatjes? Lang niet gezien!"

Noa zegt: "Het gaat goed. Met ons beide! En met jou?"

Lois haalt haar schouders op en zegt: "Het kan niet beter!"

Ze lopen naar het café en gaan buiten zitten op het terras. De zon breekt weer door de wolken. Het terras ziet er goed uit; nette houten tafels en parasols die niet scheef staan. De serveerder komt langs en ze bestellen allemaal wijn. Lois begint meteen over haar werk en hoe leuk ze het heeft. Ze heeft een nieuwe baan gevonden bij een modebedrijf. Noa en James vertellen allebei wat ze de afgelopen tijd hebben uitgespookt. Dat ze uit eten zijn geweest, naar het strand zijn gegaan en dat James van plan is een tussenjaar te nemen volgend jaar. Na een tijdje ziet James iemand staan midden op het plein. De persoon heeft een capuchon op, maar wanneer die persoon het afdoet schrikt James zich een hoedje. Het is Eva, samen met Demi.

Noa vraagt: "Hey, gaat alles goed?"

James antwoordt niet en staat meteen op. Hij loopt naar hen toe. Hij heeft het gevoel alsof de wereld om hem heen niet bestaat en is weggevaagd. Zijn hart begint als een idioot de kloppen. Eva en Demi zien hem niet aankomen.

James zegt: "Hey Eva …"

Eva en Demi draaien zich beiden om. Ze kijken alsof ze een geest zien staan. Eva zegt niks en probeert weg te lopen. James haalt diep adem en trekt haar terug.

James zegt: "Eva alsjeblieft … kunnen we alsjeblieft even praten?"

Eva kijkt een seconde boos naar James, maar kijkt dan naar Demi. Demi haalt haar schouders op. Eva knikt huiverig. James en Eva lopen dan naar een bankje aan de zijkant van het plein. Wat James opvalt, is dat Eva wat dikker is geworden. Maar dat houdt hij voor zich. "Eva, ik snap dat je boos bent, maar kom op. We moeten hier over kunnen praten! We kunnen elkaar niet voor eeuwig negeren."

Eva kijkt hem niet aan. Ze ziet er woedend, maar ook verdrietig uit.

"Als het aan mij lag zouden we dat wel doen."

James schudt zijn hoofd.

"Waarom?"

Eva draait zich dan om en kijkt hem woedend aan.

"James, onze hele relatie was een leugen. De laatste drie jaar van mijn leven waren een leugen. Je bent homo. Helemaal prima. Maar heb je enig idee hoe … hoe … Je hebt ook nooit meer iets laten horen van je!"

"Het spijt mij, echt waar. Ik heb het gewoon een beetje zwaar gehad de laatste tijd …"

Eva fronst.

"Wat is er gebeurd dan?"

"Ik ben weggelopen van huis. Ik had een erge ruzie met mijn moeder nadat zij mij vertelde dat ze mij toch niet geloofde. Ik heb toen mijn spullen gepakt en ben weggegaan."

Eva's kijkt geschokt.

"Oh wat vreselijk voor je. Het spijt mij zo erg."

Ze geeft hem onmiddellijk een knuffel. James knuffelt haar terug.

"Waar woon je nu?"

"Ik woon nu bij Noa. De jongen waar ik …"

James stopt met praten. Eva knikt en weet wat hij wil zeggen. Even wil ze vertellen over de zwangerschap, maar houdt het dan toch voor zich. 'Deze jongen heeft al genoeg op zijn bord', denkt Eva.

"Hoe gaat het voor de rest?"

"Het gaat eigenlijk wel goed. Ik neem volgend jaar een tussenjaar, nu ik mijn propedeuse heb gehaald. Ik ben toe aan een pauze. En dan kan ik alles even rechtzetten in mijn leven."

"Dat doe je goed schat. Ik ben blij voor je dat het goed gaat."

"En jij?"

"Oh … Ik ben met van alles bezig. Maar het gaat."

James knikt en glimlacht. Eva lacht terug.

"Het spijt mij Eva, van alles. Ik hoop dat je mij kunt vergeven. Ik heb je nooit pijn willen doen. Je bent een fantastisch persoon."

"Dankjewel. Ik waardeer het."

Er valt een ongemakkelijke stilte. Eva wordt zenuwachtig en twijfelt weer of ze het wel of niet moet vertellen.

"Ik moet weer terug. Het was goed om je te spreken Eva!"

"Insgelijks!"

Ze staan op en lopen terug naar het plein. Demi zit op een bankje op haar telefoon. James zegt gedag en loopt terug naar zijn tafel.

"En? Hoe is het gegaan, Eva?"

"Het ging goed. Maar ik heb het hem niet verteld."

"Wat! Hoezo niet? Dit was het perfecte moment!"

"Nee, Demi. Dat was het niet. Hij is weggelopen van huis door bepaalde omstandigheden. Hij kan het nu niet mentaal aan. Maar ik beloof je ... Ik ga het hem vertellen!"

"Oké, maar snel! Je bent al een aantal maanden zonder dat je het door hebt zwanger. En je kan hiermee echt niet tot het laatste moment wachten."

"Dat weet ik Demi, maar nog heel even niet!"

Demi zucht en knikt. Langzaam maar zeker krijgt Demi een slecht voorgevoel. Wanneer Noa en James thuiskomen, zijn ook Tamara en Maarten terug van de stad. Noa en James lopen naar boven. Dan blijft Noa even staan bij de trap.

"James, sorry van vanmiddag. Maar ik wil het er gewoon niet over hebben. Het enige waar ik aan wil denken, is aan de leuke dingen."

Hij pakt James' hand en kijkt hem lachend aan. James knikt.

"Ik snap het, dan gaan we dat ook maar doen!"

"Dank je. Hoe ging het trouwens met Eva?"

"Het ging goed. Ze begreep het en ik geloof dat we nu allebei verder kunnen met ons leven. Ik heb haar ook verteld over mijn ouders en ze reageerde daar heel goed op."

"Ik ben blij voor je. Laten we het verleden lekker achter ons houden. Ik bedoel, wat staat ons nog meer te wachten?"

James haalt zijn schouders op en zegt: "Zeg dat maar niet hardop!"

HOOFDSTUK 11

Een ander universum

"Kun je een andere radiozender opzetten?", vraagt Noa die naast James in de auto zit. James knikt en pielt aan de radio. Hij kijkt dan naar Noa en ziet dat hij het koud heeft. James pakt een deken die hij een maandje geleden in Engeland heeft gekocht en geeft hem aan Noa.

"Hoe wist je dat ik het koud had?"

"Gewoon een gokje."

Noa lacht. James blijft hem aanstaren en maakt zich zorgen. Noa heeft gigantische wallen en ziet er vreselijk ziek uit. Hij beeft van de kou.

"Ik kan niet geloven dat het al 21 oktober is. De tijd gaat zo snel. Het voelt als de dag van gisteren dat je bij mij kwam komen wonen."

"Ja, inderdaad. Ik moet wel zeggen dat het de beste keuze ooit was."

"Daar ben ik het mee eens."

Noa legt zijn hand op James' been. James houdt één hand op het stuur en pakt met zijn andere hand de hand van Noa. Na een halfuurtje rijden komen ze aan bij Zandvoort aan Zee. Ze parkeren de auto en lopen hand in hand naar het strand.

"Ik kwam hier vroeger altijd met Eva. Ik ben altijd zo dol op het strand geweest. Zij niet zo héél erg, haha."

"Haha, heb je nog iets van haar gehoord?"

"Nu je het zegt, ze appte mij gisteren of ik volgende week kom praten. Geen idee waar het over gaat, maar het zal wel belangrijk zijn. Zoveel contact hebben we niet namelijk."

"Vreemd, maar ja. We zien wel."

Noa stopt met lopen en kreunt. Hij legt zijn hand op zijn zij.

"Wat is er?"

"Nee, niks. Pijn aan mijn zij. Het is oké."

James kijkt bezorgd. Noa lacht en loopt naar hem toe en geeft hem een kus. James houdt hem dan stevig vast.

"Kom, laten we verder lopen James."

Ze lopen een kwartiertje door en gaan zitten op een kleine zandheuvel. Zwijgend zitten ze een minuut of vijf naast elkaar, maar dan vraagt Noa:

"Heb jij eigenlijk ooit nog iets gehoord van je ouders? Ik weet dat je ze nooit meer wil spreken maar ..."

"Nee. Nooit meer iets van gehoord. Na die dag dat ik wegliep, heb ik nooit meer iets gehoord van ze. Maar beter ook. Ik wil niks met ze te maken hebben."

"Dat snap ik. Maar James ... Het zijn wel je ouders. Ik snap dat het misschien moeilijk is, maar het is beter voor jezelf om het misschien ooit op een dag uit te praten."

"Ik snap wat je bedoelt, maar ik heb daar zelf geen behoefte aan. Ik heb gezegd tegen haar wat ik wilde zeggen en dat was voor mij genoeg. Ik ben niet boos meer op ze. Ik heb het al kunnen laten gaan. Maar ik hoef geen contact meer met ze."

"Oké, zolang je er maar niet mee blijft zitten."

"Nee, ik voel gewoon niks meer voor ze. Het boeit mij niet meer. Ze betekenen niks meer voor mij. Jij, jij bent mijn familie."

Noa lacht en kust hem. Hij legt zijn hoofd op James' schouder.

"Dat klonk trouwens beter in mijn hoofd ..."

Noa begint te lachen en zegt: "Ik snap wat je bedoelt hoor."

"Trouwens he, super willekeurig dit ... Maar denk jij vaak aan dingen zoals andere universums? Zoals dat er andere universums zijn, naast die van ons?"

Noa fronst en schudt zijn hoofd en zegt: "Nee, maar ik denk zelf wel altijd aan andere levens. Zoals vorige levens en zo."

James knikt en zegt: "Daar geloof ik ook wel in. Denk je dat we bij elkaar waren in andere levens?"

"Sowieso, daar geloof ik honderd procent in. Misschien was ik in het vorige leven wel een koning of zo."

James lacht en zegt: "Ja, of een kamerplant!"

Ze beginnen allebei te schaterlachen.

"Nou, als ik een kamerplant was, hoop ik dat ik met jou samen een kamerplant was."

James lacht en knuffelt hem.

"Denk jij ... Denk jij soms na over de dood James?"

Er valt een kleine stilte. James kijkt hem aan en knikt.

"Wat denk jij dat er is na het leven? Naast dan volgende levens?"

"Uhm, persoonlijk hoop ik gewoon dat er niks is. Ik weet niet of ik dit riedeltje nog een keer wil doen. Jij?"

Noa haalt zijn schouders op en zegt: "Een hemel klinkt wel fijn. Gewoon de hele dag op wolken liggen of zijn met diegene waarvan je houdt."

Noa kijkt heel somber. James houdt hem stevig vast en zegt: "Het komt goed. Echt waar."

"Ben jij bang voor de dood, James?"

James schudt zijn hoofd.

"Waarom niet?"

"Waarom wel? Waarom zou ik iets vrezen dat ik weet dat zal komen. In plaats daarvan omarm ik het. Ik zie de dood zelf als een warme knuffel. Ik heb het persoonlijk zelf een plaats gegeven."

Noa kijkt verdrietig en zegt: "Ik ben zo, zo ongelooflijk bang."

Noa stort dan in één keer compleet in. James vangt hem op.

"Oh, Noa! Het is oké."

"James, ik wil niet dood! Alsjeblieft ..."

James begint ook langzaam te huilen en ze houden elkaar stevig vast.

"Het is oké, Noa! Het is oké, het komt goed. Je hoeft niet bang te zijn ... Ik ben er voor je!"

"Ik wil niet dood ... ik wil niet gaan ..."

James kijkt Noa aan en zegt: "Ik ben hier voor je, tot het einde! Dit leven is geen afscheid. Echt niet."

Noa knikt en gaat rechtop zitten. Hij ziet er compleet verwoest en depressief uit. James slaat een arm om hem heen en pakt met zijn andere hand de hand van Noa.

"James, denk je ... denk je dat liefde zich voorzet in volgende levens?"

James haalt zijn schouders op en zegt: "Waarom niet? Ik weet honderd procent zeker dat wij een kamerplant waren samen."

Noa begint weer te lachen en zegt: "Ik hoop alleen niet dat er een kans is dat er een hel bestaat."

"Nee ik ook niet, maar vast niet. Maar als er één bestaat, hoor jij daar zeker niet thuis Noa."

"Jij ook niet hoor!"

"Ik twijfel daaraan. Ik had met Eva echt wel dingen beter kunnen aanpakken. Ik heb soms wel het idee gehad dat ik haar in de steek heb gelaten."

"Jij was jezelf ook aan het uitvogelen. Wees alsjeblieft niet zo streng voor jezelf!"

"Dank je. Ben je oké?"

Noa knikt en zegt: "Ik ben oké. Het is soms gewoon lastig om te weten dat ik niet meer lang te leven heb. Terwijl ik zo graag met jou verder wil leven."

James lacht en zegt: "Zoals ik net zei: dit is geen afscheid. Echt niet."

Noa legt zijn hand op James' gezicht. Die kijkt hem aan en begint hem te zoenen. Noa zoent hem terug. Langzaam gaat James met zijn hand naar Noa's onderlichaam, maar Noa schrikt.

"Ik ben nog maagd!", schreeuwt Noa.

Er valt een kleine stilte. James fronst.

"Ik ben maagd en ... ik vond dat je dat moest weten."

Noa kijkt beschaamd weg en bloost.

James lacht en zegt: "Noa, daar is toch niks mis mee? Waarom vertelde je mij dat niet eerder, in plaats van zo ongelooflijk terughoudend te zijn?"

"Ik weet het niet. Ik was er gewoon nooit klaar voor. Ik ben al negentien en op een bepaalt punt schaamde ik mij er gewoon voor. Dus ik heb gewoon iedereen, inclusief Lois, verteld dat ik al ontmaagd ben."

"Daar is helemaal niks mis mee Noa. Echt niet. Kijk mij aan! Maagd zijn is nergens om voor te schamen. Net zoals dat het niet erg is als je wel met véél mensen naar bed bent gegaan."

Noa knikt en zegt: "Dank je ... Maar ik ben er nu wel klaar voor!"

Ze kijken elkaar lachend aan, dan springt James letterlijk op Noa. Ze trekken elkaars jas en broek uit. Met beide handen houdt Noa James' gezicht even vast en kijkt hem glimlachend aan. James kijkt glimlachend terug.

Later die avond arriveren ze thuis. Tamara en Maarten zijn al naar bed. Wanneer ze boven komen rent Noa opeens naar het toilet. James rent hem bezorgd achterna. Bij het toilet begint Noa meteen over te geven. James legt zijn hand op Noa's rug en gaat naast hem zitten. Als Noa klaar is met overgeven, gaat hij naast het toilet zitten.

"Ik ben oké ... Ik ben oké ..."

James knikt en kijkt Noa aan. Hij ziet er vreselijk ziek en vermoeid uit. James draagt Noa naar bed en pakt een glas water voor hem. Noa drinkt het glas leeg en zet hem neer op een houten kastje naast zijn bed. James gaat naast Noa in bed liggen en legt zijn hand op diens wang. Ze kijken elkaar een paar minuten aan.

"Laten we maar gaan slapen."

James knikt en kleedt zich uit. Hij gaat naast Noa liggen met zijn armen om hem heen. Een minuut later draait Noa zich om en kijkt hij James aan.

"Ik hou van je. Ik hou van je in elk leven."

James' ogen worden langzaam rood en laten een traan los.

"Ik hou ook van jou, in elk leven."

Hij kust hem en ze houden elkaar stevig vast. Na een half uurtje vallen ze allebei als een roos in slaap. Rond vijf uur wordt James wakker. Hij staat op om naar het toilet te gaan. Wanneer hij terugkomt, gaat hij weer naast Noa liggen. Maar als hij Noa's hand aanraakt, voelt die enorm koud aan. James schrikt en probeert Noa wakker te schudden.

"Noa! Noa! NOA!"

HOOFDSTUK 12

Van de regen in de drup

Het is 5 uur s' middags 24 oktober wanneer James op zijn telefoon kijkt. Hij ligt alleen op Noa's bed, dat nu dus van hem alleen is. Hij draait zich om en ziet tientallen brieven op het houten kastje liggen. Allemaal nog niet geopend. Hij staat op en pakt de bovenste kaart. Die is van Lois.

James opent de kaart. Op de voorkant staat een foto van hem, Lois, Noa en wat andere mensen van een avond uit. James laat een traan los en opent de kaart. Binnenin staat: *"Lieve James, gecondoleerd. En hou je sterk. Je kan mij altijd bellen als je mij nodig hebt! Liefs – Lois!"* James voelt zich een stukje beter. Alsof er een kleine last van zijn schouders af is. Hij legt de kaart weg en loopt naar beneden. Het huis is leeg. Alles is geregeld voor de begrafenis, Tamara en Maarten zijn een dagje naar Tamara's ouders, die in Limburg wonen. James wilde vandaag even alleen zijn. Hij loopt naar de keuken en pakt wat vanille-ijs uit de koelkast. Maar als hij het ijs op het aanrecht legt, hoort hij de bel gaan. Hij loopt naar de deur en doet hem open. Een grote, knappe jongen met krullend, donker haar en blauwe ogen staat voor de deur. Hij ziet er verdrietig en bang uit.

"Hey, goeiedag. Zijn Tamara en Maarten van Dijk thuis?"
James schudt zijn hoofd.

"Ze zijn niet thuis. Wat kom je doen?"

"Uhm, ikke hoorde dat Noa was overleden. Dus ik dacht … Ik, ik … Laat maar zitten."

"Mag ik vragen wie je bent? Dan laat ik wel een bericht achter. Ze komen waarschijnlijk vanavond weer thuis."

"Ik ben Tony. Tony de Hoop. Ik was vroeger goede vrienden met Noa."

James kijkt verbijsterd en er valt een kleine stilte. Er gaan duizenden gedachtes door James' hoofd heen. Moet ik hem slaan? Moet ik hem nu uitschelden? Moet ik de deur dichtslaan?"

"Wacht, kom even binnen. Ik moet je iets vragen."

Tony fronst, maar knikt langzaam. Hij loopt naar binnen en gaat naar de keuken. James doet de deur dicht en blijft staan.

"Was jij niet die lul die hem opeens begon te negeren?"

Tony schrikt. Geschokt blijft hij staan. Hij weet niet wat hij moet zeggen. James' hoofd wordt rood en zijn bloed begint te koken. Tony knikt.

"Ja, dat was ik. Kijk, het was ook niet gemakkelijk voor mij ..."

"Gemakkelijk voor jou? Heb je enig idee hoeveel pijn je hem hebt gedaan? Niet eens een berichtje teruggestuurd! Nee, opeens was je weg."

"Ik was verward ... Ik was bang. Ik wist niet wat ik moest zeggen ... Het spijt me, oké?"

"Het spijt je? Nu pas? Beetje laat, vind je niet?"

Tony schudt zijn hoofd.

"Ik was zelf ook ..."

Er valt weer een stilte. Tony kijkt omlaag en ziet er bang uit.

"Ik hield van hem ..."

James schudt zijn hoofd. Hij weet niet wat hij hoort. Het liefst stormt hij op hem af, maar hij houdt zichzelf in bedwang.

"Je hield van hem? Waarom negeerde je hem dan? Waarom liet jij de meest geweldige, liefste persoon in de wereld vallen? Waarom! Hij vertrouwde je ... Je was zijn alles!"

Tony begint langzaam te huilen en zegt: "Ik was bang ... Bang dat mijn vader erachter zou komen. Hij ..."

"Hij ... wat?"

"Hij zou me hebben vermoord."

De blinde woede van James verdwijnt als sneeuw voor de zon. Hij ziet een arme, huilende jongen in de keuken staan. James weet niet wat hij moet zeggen en loopt langzaam op hem af.

"Ik weet als geen ander hoe dat is. Mijn vader heeft mij ook mentaal en fysiek mishandeld."

Tony kijkt op en zegt: "Echt?"

James knikt.

"Ik was gewoon zo bang. Toen Noa dat berichtje stuurde, was ik gewoon zo bang dat mijn vader dat zou zien en mij wat zou aandoen … Hij heeft altijd gezegd dat hij mij zou verstoten als ik homo zou zijn."

"Wist Noa dit?"

Tony schudt zijn hoofd.

"Niemand wist dit. Ik was bang dat niemand me zou geloven. Zelfs mijn familie geloofde mij niet. Ik ben vijf maanden geleden uit huis gegaan."

James staat voor hem en legt een hand op zijn arm. Tony kijkt hem aan en stopt met huilen.

"Het spijt mij dat dat jou is overkomen. Maar waarom heb je geen contact gezocht met Noa?"

"Ik was bang dat hij boos op mij zou zijn. En ik bedoel … terecht. Ik heb echt spijt van hoe ik dingen met hem heb afgehandeld. Echt waar."

James knikt en omhelst hem. Tony schrikt, maar omhelst hem terug. Hij doet zijn jas uit. James hangt hem aan de kapstok en ze lopen naar de keukentafel. Ze gaan tegenover elkaar zitten.

"Mag ik eigenlijk vragen wie jij bent?"

"Ik eh … Ik ben James. Ik was het vriendje van Noa."

"Oh … nou. Aangenaam!"

James knikt. Ze zwijgen weer en weten niet zo goed waar ze het over moeten hebben.

Tony vraagt: "Waarom deed jij eigenlijk de deur open? Aangezien de ouders er niet zijn …"

"Ik leef hier. Ik ben weggelopen van huis, vanwege dezelfde reden als jij. Noa verwelkomde mij in zijn huis."

Tony glimlacht en zegt: "Dat verbaast me niks dat hij dat heeft gedaan. Hij was een goed persoon. Door en door goed."

James knikt. Hij staat op en loopt naar de keuken.

"Drink je whisky?"

Tony knikt. James pakt wat whisky uit de keukenkast en schenkt het in, in twee kleine glazen. Hij loopt naar de tafel en geeft het aan Tony. Ze proosten en drinken allebei hun glas in één teug leeg. Dan beginnen ze te praten. Over van alles. Over de vriendschap van Tony en Noa, over school, over dezelfde films die ze leuk vinden en over de liefde. Tony vertelt dat hij, net zoals James, ook een vriendin heeft gehad waar hij niks voor heeft gevoeld.

"Ik snap dat je lang hebt geworsteld. En dat jij haar geen pijn hebt willen doen en het daarom zo lang hebt uitgesteld. Het was ook lastig."

James knikt en zegt: "Ze vroeg een paar dagen geleden nog aan mij of ik zou willen komen praten over iets. Geen idee waar het over zou kunnen gaan."

"Vreemd. Misschien is er iets gebeurd?"

"Zou kunnen. Trouwens, Tony. Het is al bijna twaalf uur. Wil je misschien niet blijven slapen?"

"Tuurlijk zou ik dat willen. Zullen we anders ook misschien een film aanzetten?"

"Dat is wel een goeie, wacht. Dan pak ik de slaapzak van boven, dan slaap ik wel op de bank!"

James loopt naar boven. In de kast van Noa ligt een slaapzak. Hij loopt naar beneden en legt hem naast de bank. Hij pakt wat lekkere dingen uit de keuken, terwijl Tony de tv aanzet. James ploft naast hem op de bank. Tony zet *White Chicks* aan.

"Dit is oprecht de allerleukste film ter wereld."

"Waar gaat hij dan over?"

Tony begint dan glunderend naar James te kijken. James begint te lachen en zegt niks meer. Langzamerhand, gedurende de film, kruipen James en Tony steeds dichter bij elkaar. Samen eten ze bakken met ijs en chips, alsof ze al dagen niet hebben gegeten. Wat, in het geval van James, ook zo is.

Als de film is afgelopen, zegt James:

"Oké, dat was inderdaad wel echt een hilarische film."

"Dat zei ik toch?"

"Kom, laten we gaan slapen. Het is bijna twee uur."

Tony knikt en gaat in zijn slaapzak liggen. James slaapt op de bank en glimlacht naar Tony.

"Dit gaat raar klinken, maar ik ben wel oprecht blij dat je er bent. Ik voel mij een stuk minder alleen."

"Insgelijks."

Als de ogen van James langzaam dichtgaan en hij Tony nauwelijks nog kan zien, wordt hij plotseling gebeld. James schrikt, pakt zijn telefoon en neemt op.

"Goeienavond, je spreekt met James Koning."

"James, je spreekt met Louise, de moeder van Eva. Eva ligt in het ziekenhuis."

"Wat? Wat is er gebeurd?"

"Eva is aan het bevallen."

HOOFDSTUK 13

Wanneer de muren vallen

Het begint buiten langzaam te regenen. James rent naar de gang en pakt een zwarte, leren jas. Tony rent naar buiten en start alvast de auto. Hij begint op zijn mobiel het adres van het ziekenhuis in te typen. James pakt ook Tony's jas en rent naar de auto. Wanneer James instapt, begint Tony te rijden. Ze zeggen heel weinig tegen elkaar onderweg naar het ziekenhuis. Tony rijdt ver boven de maximumsnelheid, maar dat boeit hem vrij weinig. Na een kwartiertje rijden, komen ze in een file te staan. Er is een ongeluk gebeurt in de binnenstad en alles is afgesloten.

"Serieus? Een file in de binnenstad van Amsterdam?"

James begint nerveus te worden. Hij twijfelt. Droomt hij soms? Is dit echt? Na vijf minuten in de file stapt James uit.

"James? Wat ga je doen?!"

James zegt niks terug en begint te rennen; door de regen, over de weg en dan op de stoep. Hij kijkt niet om, zijn gedachten stopt hij weg. Het enige dat door zijn hoofd gaat is: zo snel mogelijk bij het ziekenhuis komen. Hij rent tussen mensen door, door bosjes en struiken. Hij probeert steegjes andere snellere manieren om bij het ziekenhuis te komen.

Na een halfuur rennen komt hij compleet bezweet en buiten adem bij het ziekenhuis aan. Hij holt naar de dichtstbijzijnde receptie en wordt naar de kamer, waar Eva aan het bevallen is, begeleid. Hij schiet de kamer in en ziet dat Eva op bed ligt, omringt door een verloskundige en verplegers. Haar ouders staan naast haar bed. James duwt iedereen opzij en gaat naast Eva staan.

"James ... Je bent er!"

"Natuurlijk ben ik er ..."

Hij legt zijn hand op haar hoofd. Eva begint te kreunen van de pijn, maar kijkt tegelijkertijd opgelucht door de komst van

James. Een verpleger pakt een stoel en geeft hem aan James. Hij gaat naast Eva's bed zitten en houdt haar hand vast. Eva begint in zijn hand te knijpen.

Met veel moeite zegt ze: "Ja ... James ... Ik ben ... zo blij ... dat je er bent!"

"Ik ook, ik ook!"

Een verpleger zegt dat Eva moet beginnen met persen. Eva doet wat de verpleger zegt, maar er gaat iets mis.

De verpleger zegt: "Wacht! Stop!"

Eva stopt en kreunt van de pijn. James wordt nerveus en staat op. De verplegers vragen of James en de ouders de kamer willen verlaten. Eva raakt in paniek. James loopt naar haar toe en zegt:

"Het komt allemaal goed, echt waar. Ik ben zo terug ..."

"James ... Wacht ..."

Ze pakt James' hand en zegt: "Ik hou van je ..."

James lacht en geeft een kus op haar voorhoofd. Dan wordt hij de kamer uit begeleid. Ze gaat naar een wachtruimte. Wanneer de verplegers teruglopen naar de kamer, wordt James boos.

"Hoe hebben jullie dit niet aan mij verteld?"

Louise zegt: "We wilde het vertellen, echt waar. Daarom wilde wij je spreken deze week. Maar de kinderen kwamen een maand eerder dan gepland."

"Jullie hadden acht maanden de tijd, ongelooflijk."

"Ik snap dat je boos bent, maar we wilden je niet overbelasten. Eva heeft verteld wat er was gebeurd met jou en je ouders. We wilden het je vertellen, maar er was gewoon geen goed moment."

"Dat is er nooit. Ik vind het echt kwalijk dat jullie dit zo lang voor jullie hebben gehouden. Maar laat nu maar zitten ..."

Louise kijkt uit schaamte omlaag. James gaat in de hoek van de kamer zitten. Weg van de ouders van Eva. Plotseling komt Tony haastig de kamer binnen rennen. James staat op en knuffelt hem meteen.

"Hoe is het met Eva? Wat is er gebeurd?"

"Er is iets mis. We werden de kamer uit begeleid."

"Het komt goed James, echt waar."

Tony kijkt bezorgd naar James. Hij ziet er moe, verdrietig en verstomd uit. Alsof hij naar vier verschillende horrorfilms heeft gekeken en daarna een marathon moest lopen. Tony en James gaan zitten.

"Dus je wordt dus vader?"

"Ja, blijkbaar."

Ze beginnen te lachen alsof ze het geen van tweeën kunnen geloven. Even zwijgen ze. James kijkt Tony aan en pakt zijn hand vast.

"Ik ben wel blij dat ik niet alleen ben."

Tony kijkt hem glimlachend aan.

"Nou, als ik wist dat dit zou gebeuren, was ik een dag later gekomen."

"Haha, heel grappig Tony."

James is moe en legt zijn hoofd op Tony's schouder. Tony lacht en legt zijn hoofd op dat van James. Ze houden elkaars hand vast en zeggen een poosje niets tegen elkaar.

"Waar denk je aan, James?"

"Uhm, aan echt van alles. Aan Noa, aan Eva ... Aan mijn kind dat ik blijkbaar dus nu heb ..."

James gaat weer rechtop zitten en haalt diep adem. Hij kijkt compleet verslagen en voelt zich machteloos.

"Het komt goed James, echt waar. Ik ga nergens heen. Echt niet."

James kijkt hem aan en knikt. Hij voelt zich, op een vreemde manier, opgelucht; een stuk minder alleen, in alle chaos die nu zijn leven beheerst. James legt zijn hoofd weer op Tony's schouder en valt langzaam in slaap. Na twee uurtjes komt de verloskundige met twee verplegers binnen. Ze kijkt verdrietig. Iedereen staat op en wacht vol spanning af.

"Ik weet niet hoe ik dit moet zeggen maar ... Eva heeft de bevalling niet overleeft."

HOOFDSTUK 14

Een nieuwe wereld

Even is het stil, maar dan stort Louise compleet in elkaar. Haar man vangt haar op en begint ook hard te huilen. James schudt zijn hoofd en blijft staan uit ongeloof. Hij weet niet hoe hij moet reageren en of hij het überhaupt wel goed heeft gehoord. Eva's vader helpt Louise op een stoel.

James vraagt: "Hoe is het gebeurd? Wat is er fout gegaan?"

"Ze heeft te veel bloed verloren. Er was een wond ontstaan bij de baarmoederhals, die wij niet op tijd konden stelpen. De bevalling duurde te lang."

"Hoe? Hoezo duurde de bevalling te lang?"

"Ze is bevallen van een tweeling."

James valt stil en blijft verbijsterd staan. Hij weet niet wat hij moet zeggen.Hij loopt langs de verloskundige de wachtruimte uit. Tony snelt achter hem aan. James gaat een kleine kamer in, gevuld met spullen zoals dweilen, doekjes en andere benodigdheden. Hij begint te huilen en schudt zijn hoofd.

"Tony, ik kan dit niet ... Ik kan dit niet aan. Dit is ... Alsjeblieft, help mij ..."

James stort compleet in. Tony vangt hem op en houdt hem stevig vast. Hij probeert James te kalmeren.

"Het komt goed, je bent niet alleen! Echt niet. Ik ben hier voor je. De ouders van Noa gaan je helpen. De ouders van Eva. Het komt goed. Het is normaal dat je nu in paniek raakt, kijk me aan!"

James en Tony gaan op de vloer zitten. Tony kijkt James diep in zijn ogen.

"Ik kon er niet voor Noa zijn. Laat mij er dan voor jou zijn. Ik snap dat dit allemaal veel is en dat je geen idee hebt wat je moet doen. Je hebt geleden. Je hebt gestreden, maar je bent er nog steeds. En je moet even volhouden nu."

"Ik ben gewoon niet klaar. Ik ben niet klaar hiervoor …"

"James, dat is niemand. We kiezen ons leven niet uit. Of wat er met ons gebeurt. Het enige wat we kunnen doen, is doen met de tijd die ons is gegeven. Het is nu allemaal veel. Je moet even diep ademhalen, even relativeren en goed nadenken. Het komt goed. Je bent niet alleen."

James haalt diep adem en doet zijn ogen dicht. In gedachten begint hij tot tien te tellen. Langzaam kalmeert hij.

"Dankjewel."

Tony lacht en geeft hem een knuffel.

"Wat een dag …"

"Vertel mij wat. Een paar dagen geleden zat ik gewoon nog op het strand met Noa. En nu zit ik hier … en ben ik vader. Van een tweeling …"

"Het zou een goed boek kunnen zijn."

"Haha … ja dat zou vast. Ik heb overigens de ouders van Noa gebeld met jou mobiel die in de auto lag. Ik dacht, het is misschien wel handig dat ze het weten wat er is gebeurd."

"Dankjewel, dat is inderdaad wel handig. Hoe wist je mijn code?"

"Natuurlijk weet ik Noa's verjaardag."

James lacht. Tony staat op en helpt James overeind. Voordat ze teruglopen naar de wachtruimte, gaan ze eerst langs een automaat om wat eten te pakken. Daarna gaan ze terug. Als ze aankomen, zien ze de ouders van Eva met Demi aan een tafel zitten, en wat mensen van het ziekenhuis. James loopt de kamer in en Demi staat gelijk op. Ze is in tranen en ziet er ongelooflijk moe uit. Demi loopt naar James en geeft hem een knuffel. James schrikt even, maar knuffelt haar meteen terug.

Demi vraagt: "Hoe gaat het met je?"

"Raar … héél raar voel ik mij. Hoe gaat het met jou?"

"Ik ben … oké."

James, Tony en Demi gaan aan de tafel zitten waar de rest ook zit. Eva's ouders zien er compleet verwoest uit. James pakt de hand van Louise vast. Ze kijkt hem aan en lacht hem toe. De mensen van het ziekenhuis leggen alles uit. De baby's zijn gezond en liggen in de couveuse, omdat ze te vroeg zijn geboren. Het lichaam van Eva wordt nu verzorgd en schoongemaakt.

"Als jullie willen, mogen jullie straks naar haar toe om afscheid te nemen. Ik kom terug als ze klaar zijn."

De ouders knikken. De mensen van het ziekenhuis staan op en verlaten de kamer. Na een uurtje komen ze terug en wordt iedereen naar de kamer begeleid. De ouders willen een moment alleen. Als ze klaar zijn, lopen James en Demi met zijn tweeën naar binnen. Eva ligt op een ziekenhuisbed, in het wit. Ze ligt erbij alsof ze rustig slaapt. Demi loopt naar haar toe en draait zich dan met haar rug naar het bed toe. Ze begint te huilen en durft Eva bijna niet aan te kijken. James gaat naast Demi staan en legt zijn hand op haar schouder. Ze pakt zijn hand en draait zich langzaam om. Ze kalmeert een beetje en gaat naast het bed zitten. Demi pakt Eva's koude hand vast. James loopt naar de andere kant van het bed.

"Weet je James ... Zei en ik hadden het altijd over het feit dat we, als Eva en ik zestig zijn, naar Ibiza zouden vertrekken om dan nooit meer terug te komen."

"Waarom?"

"Ons leek het idee van oud worden nou niet echt een prettig idee."

James lacht en pakt de andere hand van Eva vast.

"Weet je wat ze tegen mij zei voordat ik de kamer uit moest?"

Demi fronst en schudt haar hoofd. James zegt: "Ze zei dat ze van mij hield. Ze schreeuwde het bijna uit."

"Ze hield ook echt van je. Meer dan wat dan ook. Dat is ook de belangrijkste reden waarom ze de kinderen hield."

"Het spijt mij."

"Voor wat?"

"Dat ik niet de liefde die zij verdiende kon teruggeven. Ze verdiende beter dan ik. Beter dan wat ik haar gaf."

Demi pakt zijn hand stevig vast en kijkt hem streng aan."

"Waag het niet om zo te denken. We kiezen niet waarvan wij houden of van wie. Het zou de wereld een stuk makkelijker maken, maar dat is helaas niet zo."

James knikt en voelt zich wat minder schuldig. Hij kijkt weer naar Eva en legt zijn hand op haar koude wang.

Demi zegt: "Ik heb hier nog niet eens de kans voor gehad maar … het spijt mij van Noa. Ik kan mij niet voorstellen waar jij nu door heen gaat."

"Dankjewel. Nee, het is geen gemakkelijke week geweest."

"Nee, dat was het zeker niet."

Het blijft een paar minuten stil. Demi kust Eva's voorhoofd en ze nemen allebei afscheid van haar. Ze lopen met z'n tweeën de kamer uit en gaan terug naar de wachtruimte, waar de rest zich bevindt. Het is inmiddels half vijf s' nachts. Tony is op een stoel in de hoek in slaap gevallen. De verloskundige praat met de ouders van Eva. Dan loopt ze naar James en vraagt of hij de baby's wil zien. James wordt nerveus, maar zegt ja. Samen met Eva's ouders gaat hij naar het neonatale centrum. Wanneer hij de ruimte binnenkomt, ziet hij de baby's in het midden van de kamer liggen, op een bedje omringd met apparatuur. Ze slapen en zien er gezond uit. James pakt een stoel en gaat naast ze zitten.

Louise vraagt: "Hoe wil je dat ze gaan heten?"

"Eva vertelde mij altijd dat, als ze ooit een dochter zou krijgen, ze de naam *Zoë* mooi vond."

"En voor de jongen?"

"Dave."

Louise knikt en lacht een beetje. Ze loopt naar James toe en legt een hand op zijn schouders. James kijkt op.

"Maak je geen zorgen. We zullen je helpen. Met alles."

"Dankjewel …"

Hij legt zijn hand op die van Louise. Er valt een stilte. Ze staren naar de kinderen, die rustig liggen te slapen.

HOOFDSTUK 15

De onwaarschijnlijkste verbintenis

"Wil je ook koffie?", vraagt een medewerkster aan James. James schudt zijn hoofd, maar bedankt haar. Hij zit in de rouwkamer aan een houten tafel, samen met familieleden van Noa. Tony zit aan de andere kant. De meeste mensen kent hij niet van naam of gezicht. Noa sprak niet vaak over zijn familie. James pakt een papiertje. Daarop staat wat hij voor de dienst heeft voorbereid om te zeggen. Tamara en Maarten zijn nu nog aan het condoleren, in een kamer naast de kantine. Hij heeft dus nog even tijd om de tekst goed door te lezen en om te kijken of er geen fouten in staan. Als hij klaar is met lezen, stopt hij het papiertje weg. Lois komt op hetzelfde moment de kamer binnen en loopt direct naar James. Meteen geven ze elkaar een knuffel. Lois begroet de familie en gaat naast James zitten.

"Hoe voel je je?"

"Nerveus, maar het komt goed. Ik hoop namelijk niet dat ik instort als ik het aan het voorlezen ben."

"Komt helemaal goed."

Lois legt zijn hand op James' been en kijkt hem glimlachend aan. Hij schenkt wat koffie voor zichzelf in, met veel suiker.

"Noa deed dat ook altijd."

"Wat?"

"Zijn hand op mijn been leggen. Altijd."

Lois lacht en vraagt: "Hoe gaat het eigenlijk met de kinderen?"

"Ja, gaat goed. Niks aan het handje gelukkig. Over hopelijk iets meer dan een week kunnen ze uit het ziekenhuis.'

"Super. Hoe gaat het met de ouders van Eva?"

"Ze zijn nu natuurlijk alles aan het regelen voor de begrafenis van Eva. Ze hebben het er moeilijk mee, maar ze houden zich sterk."

"Het is ook allemaal even veel voor ze. Maar hoe gaat het met jou?"

"Het gaat wel oké. De afgelopen dagen zijn een enorme chaos geweest natuurlijk. De kinderen zijn, eerlijk gezegd, een goede afleiding geweest."

Lois knikt en pakt James' hand vast. Ze kijken elkaar in de ogen. Lois wil iets zeggen, maar houdt het voor zich.

De dienst staat op het punt te beginnen. Iedereen staat op en loopt naar de grote kamer waar de dienst plaatsvindt. James, Tamara en Maarten zitten vooraan. Tony zit samen met Lois een bankje achter ze. Er wordt eerst een filmpje afgespeeld, met foto's en filmpjes van Noa. Het begint met een jonge Noa en van lieverlee zie je hem steeds ouder worden. De laatste minuut zijn het foto's met James en met onder andere Lois. Het filmpje eindigt met een foto van James en Noa. Tony legt zijn hand op James' schouder. James pakt zijn hand vast.

Als het filmpje is afgelopen, is het tijd voor James om te spreken. Hij staat op en pakt het papiertje uit zijn zak. Hij legt het op de kleine houten lessenaar. Hij slikt even, kijkt op zijn papiertje en staart dan naar het publiek.

"Noa is zo'n persoon die maar kort in je leven kan zijn, maar je leven compleet kan veranderen. Op de donkerste en zwaarste momenten van mijn leven, was hij er voor mij. Altijd. Vanaf dag één. Hij heeft mij bepaalde dingen helpen realiseren, die ik nooit zonder hem had kunnen realiseren. Ik geloof honderd procent dat er geen greintje kwaad zat in hem. Hij stond altijd voor je klaar. Altijd kon ik hem bellen, met van alles. Als ik met hem was, was ik de gelukkigste persoon op aarde. Of wij nou zaten te koffie drinken of dat we aan het uitgaan waren. Het was altijd leuk."

"De allerlaatste dag dat ik met hem was, waren wij aan het strand. Hij hield, net zoals ik, van het strand. We hadden toen een gesprek over de dood en wat er daarna zou zijn. We waren het eigenlijk allebei eens dat dit, dit leven, niet het enige is. Dat, als we sterven, we worden gereïncarneerd. Misschien wel als kamerplant, grapten we. Wij geloofden heilig dat we elkaar al kenden van een vorig leven. En toen vroeg hij aan mij of onze liefde zich zou kunnen voortzetten in een volgend leven. En ik zei: *"Waarom niet? Ik weet honderd procent zeker dat wij een kamerplant waren samen."* We moesten toen allebei hard lachen. Noa, ik ga je missen. En ik hou van je ... in elk leven."

James probeert uit alle macht niet te huilen. Wanneer hij bij zijn bankje arriveert, stort hij compleet in elkaar. Tamara vangt hem op en houdt hem stevig vast. Als de dienst is afgelopen, gaat iedereen naar de kantine voor koffie. James zit in zijn eentje in de hoek van de kamer, na te denken over het leven. Tamara pakt wat koffie en loopt naar James. Ze pakt een stoel en gaat naast hem zitten.

"Alles oké?"

"Ja hoor, ik ben even aan het nadenken over bepaalde dingen."

"Nog iets specifieks?"

"Niet echt ... Haha."

"James, ik wil je eigenlijk bedanken. Dat jij er voor Noa was in zijn laatste maanden. En voor alles wat je voor hem hebt gedaan."

James schudt zijn hoofd en zegt: "Nee, ik moet u bedanken. En alles wat jullie voor mij hebben gedaan. En nog steeds doen."

Tamara glimlacht en geeft hem een knuffel. Ze laat een traantje los en kijkt James lief aan. Ze pakt zijn hand.

"Wij zijn er voor je, Maarten en ik. Voor altijd."

"Dankjewel."

Tony komt aanlopen, met een kopje thee in zijn handen. Hij gaat achter Tamara staan. Tamara en James draaien zijn kant op.

"Stoor ik?"

"Nee hoor, helemaal niet. Ik laat jullie wel even alleen."

James knikt. Tamara staat op en laat Tony op haar stoel zitten. Tony kijkt James blozend en nerveus aan.

"Hey, ik, eh ... Je hebt prachtig gesproken."

"Dankjewel. Ik moet zeggen dat het héél moeilijk was en dat het veel pijn deed. Maar het voelt goed, dat ik het heb gedaan."

"Goed zo. Wat zeg je er trouwens van eh ...

Tony begint te zweten en stopt met praten. James fronst en er valt een kleine stilte.

"Laat maar zitten ..."
"Nee, zeg maar wat je wil zeggen."
"Vind je het een leuk idee om elkaar vaker te zien?"
"Ja, natuurlijk! Ik dacht dat dat al vaststond."
"Oh hahaha. Ja, ik dacht ... laat maar zitten."
Tony wordt geroepen. Hij kijkt achter zich en ziet Lois met haar handen zwaaien. Tony rolt zijn ogen en staat op.
"Sorry, ben zo terug!"
James ziet Tony weglopen en zegt tegen zichzelf: "Misschien ..."

HOOFDSTUK 16

De draad van het leven

James hoort een raar geluid naast zijn bed vandaan komen. Hij wordt langzaam wakker en ziet dat het zijn wekker is. Hij drukt de wekker uit, zucht en staat langzaam op. Hij trekt zijn schoenen aan en doet de gordijnen open. James blijft bij het raam staan en kijkt uit over Den Haag. Tony, die op bed ligt, wordt ook langzaam wakker.

"Kunnen die dingen alsjeblieft even dicht blijven?"

"Nee", zegt James lachend.

Hij loopt naar het bed en geeft Tony een kus op zijn wang. Tony lacht en gaat op bed zitten.

"James, welke dag is het vandaag?"

"Het is 9 oktober, 2039 om precies te zijn."

"Oh shit, ik moet naar een afspraak!"

Tony staat op rent snel naar de badkamer. James lacht hem uit, doet een broek aan en gaat naar de woonkamer. Twee mensen zitten aan tafel. De 17-jarig Zoë met prachtig bruin haar en groene ogen en de 17-jarige, lange Dave, met donker haar.

"Goeiemorgen pap!", zeggen ze tegelijkertijd.

James lacht en loopt naar ze toe. Hij kust ze op hun achterhoofd en loopt dan naar de keuken.

"Lekker geslapen allebei?"

"Niet echt", antwoord Zoë op een sombere toon.

"Ikke wel gelukkig. Moest wel na een hele dag trainen op het voetbalveld."

"Was het wel leuk gister?", vraagt James.

Dave knikt uitbundig. James zegt: "Goed zo!"

De keuken is groot, met een zwarte betegelde vloer en witte keukenkastjes. Hij loopt naar één van de keukenkastjes en opent hem.

"Verdorie, wie heeft de havermout opgegeten?"

De twee kinderen kijken elkaar aan en halen dan hun schouders op. James lacht en schudt zijn hoofd.

"James, jij rijdt de kinderen vandaag naar school toch?"

"Ja, en jij haalt ze op, right?"

Tony knikt en geeft James een kus. Als James heeft ontbeten, doucht hij en maakt zich klaar. Hij loopt door de gang en ziet dat er wat stof op de fotolijstjes ligt. Het zijn er twee. Eentje is een foto van Noa, James en Lois van een avondje uit en de ander is een foto van Eva en James. Hij pakt de foto van Noa en veegt de stof eraf. James legt hem voorzichtig terug. Tony verschijnt achter hem en laat James schrikken.

"Haha, zag je mij niet?"

James lacht en schudt zijn hoofd. Tony geeft hem een brief, uit Ibiza. James opent hem meteen.

"Hey James, ik hoop dat het goed met jullie gaat! In november ben ik weer even terug in Nederland, dus ik hoop je dan weer even snel te zien! Groetjes, Demi."

James lacht en legt het op een kastje, naast de kaart die hij van Lois heeft gekregen. James loopt de woonkamer in en ziet dat de kinderen met hun tassen klaar staan.

"Jongens, gedraag je alsjeblieft. En doe je best!"

"Ja, ja, pap", zegt Zoë.

Hij kust ze beide op hun voorhoofd en knuffelt ze. Tony loopt de kamer in met zijn jas aan om naar zijn afspraak te gaan.

James zegt: "Kom op jongens!"

De kinderen zeggen gedag tegen Tony en lopen de kamer uit. Tony loopt naar James toe en geeft hem een knuffel.

Tony zegt: "Succes vandaag op je werk."

"Jij ook met jouw afspraak!."

"Weet dat ik van je hou …"

"En ik ook van jou … in elk leven."

De auteur

"Nu is het klaar!" Na de zoveelste ruzie thuis, is voor de autistische James de maat helemaal vol. De jonge student verlaat verdrietig, maar zonder spijt, het huis waar hij opgroeide en trekt in bij een vriend. Het geluk lijkt hem eindelijk toe te lachen, maar dan slaat het noodlot onverbiddelijk toe. En terwijl James nog worstelt met allerlei nieuwe en o zo spannende gevoelens, lijkt dat geluk verder weg dan ooit. Zijn vrienden vangen hem zo goed mogelijk op, maar is dat genoeg?

'Ik hou van jou in elk leven' is het tweede boek van de jonge auteur Ernesto Herrera. Eerder schreef hij 'De laatste zucht van Jehova', waarmee hij op 19-jarige leeftijd debuteerde. Ernesto Herrera (2002) is geboren in Zaandam. Hij volgde een journalistieke opleiding en studeert nu HBO-bestuurskunde.

De uitgeverij

Wie ophoudt beter te worden is opgehouden goed te zijn!

Op basis van dit motto zoekt uitgeverij novum steeds nieuwe manuscripten! Ondertussen zijn wij in Nederland, Duitsland, Oostenrijk en Zwitserland dé specialist voor nieuwe auteurs.

Elk manuscript dat wij ontvangen wordt gratis door onze redactie beoordeeld.

Meer informatie over onze uitgeverij en over onze boeken kunt u op online vinden onder:

www.novumpublishing.nl